아빠의 도시락 편지

Lucky Enough

매일 혼자 점심 먹는 ❋
왕따 딸을 살린 ❋
기적의 편지 ❋

크리스 안들 지음 ❋ 최지영 옮김

이야기장수

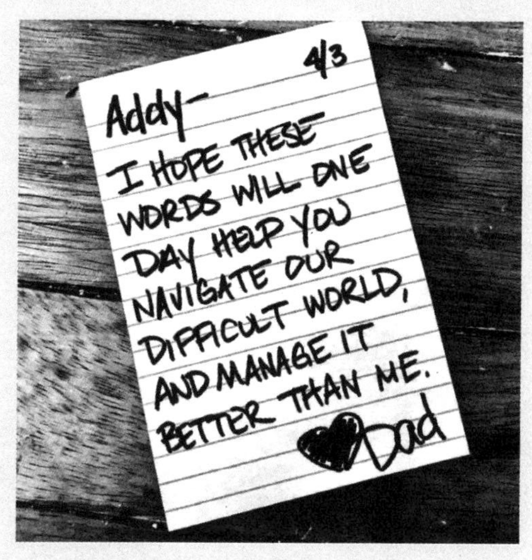

＊

애디에게

이 편지들이
네게 험난한 세상을 헤쳐나가는 데 길이 되어주고,
아빠보다 더 나은 방식으로
해결해나갈 힘이 되어주길 바란다.

사랑을 담아, 아빠가

우리는 정보의 풍요 속에 살고 있지만,

지혜는 턱없이 부족하다.

#DadLunchNotes
#아빠의도시락편지

차례

매일 아침 눈뜨는 것이
왈칵 두려워지는 날에

"크리스, 나 임신했어."

아내에게, 여자친구에게 혹은 그 어떤 의미 있는 파트너에게 남자가 들을 수 있는 가장 행복하면서도 무거운 말 아닐까요. 아내가 이 말을 했을 때 저는 흥분과 공포로 옴짝달싹할 수 없었습니다. 아, 제가 출장중에 전화로 이 얘길 들었다고 말했던가요?

제 아내 애슐리가 소식을 전하던 그 순간부터 저는 그 아이가 딸이길 소원했습니다. '아빠'라고 하면 왠지 아빠와 딸의 이야기를 상상해왔기 때문이죠. 그후 8개월 동안 저의 신경은 예민했습니다. 곧 태어날 이 아이를 어떻게 먹여 살릴지에 대한 고민이 깊었기 때문입니다. '세상에! 내가 아빠가 된다니! 살아 숨쉬는 진짜 아기라니. 난 빨래도 제대로 못하는데.' 그 8개월은 제 인생에서 가장 혼란스러운 시기였습니다. 새벽 2시에 동네 슈퍼마켓 분유 코너를 뚫어져라 보고 있을 정도로요.

마침내 나는 몹시도 원하던 딸을 얻었습니다. 3.11킬로그램밖에 안 되는 앙상한 몸에 길쭉한 다리를 가진, 황달기 있는 아기가 기쁨의 울음소리를 내지르며 2008년 7월 3일 오전 7시 30분에 제 아내에게서 태어났습니다.

아기를 보자마자 저는 홀딱 반했습니다. 물론 그애는 대관절 내가 누군지, 그리고 우리가 이제 곧 함께 시작할 여정이 어떨지에 대해서도 알 길이 없었겠지만, 그 아기는 분명 제 아이였습니다. 지금 선명하게 기억나는 건 별로 없지만, 이것만은 또렷이 생각납니다. 간호사는 아기를 제게 건네며 이렇게 말했죠. "아빠, 여기요."

"뭐…… 제가 뭘 하면 되나요?" 저는 불안한 마음으로 물었죠. 간호사가 빙그레 웃으며 말하길, "음, 따님이잖아요. 안고 방으로 가보셔도 되고요. 엄마도 곧 그리로 가실 거예요." 그래서 저는 잠든 아기를 안고, 할머니 할아버지가 기다리고 있는 방으로 걸어갔습니다. 이제 현실이 된 거죠.

그로부터 사흘 뒤에는 아내와 신생아를 병원에 남겨둔 채 병원으로부터 643킬로미터 떨어진 텍사스에 있는 새 직장 근처의 새집으로 이삿짐을 옮기고 있었습니다. 이미 여러분도 짐작하

셨을지 모르지만 저는 계획적인 사람이고…… 그리고 약간 광적인 사람이기도 합니다. '광적'이기보단 '계획적'이라고 불리는 게 제 희망사항입니다만.

지난 10년간의 여정은 정말이지 대단했습니다. 부모란 결코 완벽한 존재가 아니고, 우리 모두 실수한다는 사실을 스스로 상기하며 매일 무언가를 망쳐버리지 않기 위해 최선을 다했습니다. 아이를 존경할 만한 여성으로 키워내는 것, 그리고 고등학교에 가기 전까진 심리상담사를 찾지 않도록 하는 것이 저의 궁극적인 목표였습니다.

저는 왜 딸에게 도시락 편지를 쓸까요? 왜 지금이어야 했을까요?

첫번째 질문은 좀더 쉽습니다. 제겐 글쓰는 것이 더 쉽기 때문이죠. 저는 정말 고통스러울 성도로 부끄럼을 많이 타는 아이였습니다. 나이가 들어갈수록 제가 아주 내성적인 사람이라는 걸 깨달았죠. 제 감정을 말로 표현하기가 어려웠습니다. 제 얘기들을 듣고 싶어할 사람이 없으리라 생각해서 그냥 제 맘속에 담아두었죠. 세월이 지나면서 글쓰기는 제게 점점 더 자연스러운 일이 되었습니다. 친구들 앞에 나가 얘기하는 건 고통스러웠지만, 글쓰기는 전혀 힘들지 않았죠. 둘 다 제 감정과 생각을 공유하는 일이었지만, 왜인지는 몰라도 종이에 글로 적는 게 제겐 더 쉬웠습니다. 고등학교에 들어가서는 여자아이들에게 쪽지 쓰는 데 선수가 되었어요. 아아, 하지만 거절 역시 쓰기의 형태로 되돌아오더군요. 웃긴 건 "그냥 친구로 지내자"는 말은 직접 듣는 것보다 글자로 읽는 게 나았다는 겁니다.

딸아이가 자라는 걸 지켜보며, 제 아내가 저의 업그레이드 버전인 '크리스 2.0'을 낳았음을 깨달았습니다. 꼭 거울을 보는 것처럼 아이는 저를 빼닮아갔어요. 말로 자신을 표현하는 게 얼마나 힘든지 제가 제일 잘 알기에 다른 누구도 시도하지 않았을, 우리 둘만의 방식으로 소통하길 바랐습니다.

왜 지금이냐고요?

얼마 전 저는 제 고용주로부터 계약이 더이상 연장되지 않을 것이며 석 달 후 종료된다는 사실을 통보받았습니다. 당신은 잘렸습니다. 내려놓으세요. 계약은 갱신되지 않았습니다. 어떻게 표현하건 간에, 저는 직장을 잃었습니다. 직장을 떠나기도 전에 저는 제 삶이 '무지개와 강아지들로 가득찬 바구니'가 아니었음을, (비록 마지못해서이긴 했지만) 제일 먼저 인정해야 했습니다. 내가 꼭 되고 싶었던 이상적인 아빠에 저는 이를 수 없었던 것입니다. 우울감은 바닥을 쳤고, 사형수 같은 얼굴을 하고서 더 이상 나를 원하지 않는 직장에 나가 꾸역꾸역 남은 근무 일수를 채웠습니다. 집에서도 제 영혼은 부재중이었습니다. 영혼이 체크아웃한 인생이 돼버린 거죠.

직장에 나가던 마지막날, 저는 무너져내렸습니다. 영영 좋은 아빠가 될 수 없을 거라고 단정지었습니다. 이 모든 생각이 제 머릿속에 소용돌이치자, 저와 제 아내는 그냥 짐을 싸서 다시 루이지애나 남부로 돌아가는 편이 낫겠다고 생각했습니다. 이제 그럴 때가 됐다고.

제가 두 아이에게 그 어떤 형태로든 충고할 수 있는 정신 상태가 아니었음에도, 아이들은 (그리고 제 아내 역시) 정신을 놓지 않고 매일 아침 일어나게 하는 존재였습니다. 4년 동안 학교를 세 번 옮긴 딸아이를 보면서 그 어린 나이에 그토록 강한 회복력을 가진 것에 경탄했습니다. 그러나 우리 앞에는 새로운 장애물들이 있었습니다.

딸이 초등학교 3학년 말에 이르면서 우리는 또다른 현실과 마주해야 했습니다. 애디슨이 그해 네번째로 학교를 옮겨야 했던 거죠. 결코 계획했던 일이 아닙니다. 이런 길을 걷게 될 줄은 몰랐는데, 일이 그렇게 되어버린 거예요. 아홉 살 난 내 딸은 (침 한 번 꿀꺽 삼키고) 불과 4학년밖에 되지 않았는데도 사춘기 중학생이 되려 하고 있었습니다. 제 아내도 어린 소녀였던 적이 있기에, 여자아이들에게 사춘기가 얼마나 끔찍한지 잘 알고 있었습니다. 4학년은 딸아이의 성장 과정에서 중요한 갈림길이 될 것이었습니다.

게다가 딸은 이제 "아빠 미워!"의 시기에 접어들고 있었습니다. 하루빨리 가능한 한 많은 가르침과 이야기들을 들려주고, 또 가능한 한 많은 추억을 만들어야 했어요. ("아빠 미워!" 부분에 '농담'이라고 쓸 수 있다면 얼마나 좋을까요.)

앞으로 여러분이 읽게 될 이 이야기들은 애디슨이 초등학교 4학년일 때 제가 아이에게 써준 편지와 메모들에 관한 것입니다. 제가 그 나이일 때 혹은 대학에 다닐 때 아버지가 들려준 것들도 있고, 자라면서 배워나간 것들도 있습니다. 어떤 날은 편지를 쓰지 않고 지나갔을 텐데, 아마 애디슨도 아빠도 올해 출석률이 썩 좋지 못했기 때문일 겁니다.

어떤 식으로든 이 편지들이 여러분에게도 도움이 되기를, 또 인생이 가끔은 이렇게 예기치 못한 방향으로 흘러가기도 한다는 걸 보여주길 바랍니다.

이 책, 그리고 '도시락 편지'라는 아이디어가 여러분의 삶에 어떤 변화를 만들어낼지 궁금합니다.

사랑을 담아
애디슨의 아빠가

애디,

사람들을 다정하게 대하렴.

모든 사람이 너와 비슷하진 않을 거야.

사람들마다 남다르고 특별한 점을 찾아보렴.

너에게는 한 사람의 인생을 바꿀 힘이 있단다!

사랑을 담아, 아빠가

여기, 진실의 순간이 있다. 애디슨이 새 학년을 시작한 지 사흘째 되던 날. 이틀이 지났는데 애디슨은 새 학교에 적응을 못하는 것 같았고, 나도 아빠로서 뭘 하고 있는지 알 수 없는 상태였다. 내 안에서 내적 싸움이 벌어지고 있었다. 나는 딸에게 인생의 좋은 점들을 더 알려주려고 이 편지를 쓰는 걸까? 그저 충고를 하고 있는 건가? 아이가 내 얘길 알아들을까? 날 '꼰대'라고 생각하진 않을까? 이 모든 생각이 아이의 점심 도시락을 준비하는 2분 동안 뇌리에 스쳐지나갔다.

인스타그램을 보면 아빠들이 자기 아이들을 격려하기 위해 온갖 것을 해주던데. 나도 아이를 위해 재밌다고 생각하는 농담을 해보지만 "아빠, 안 웃겨요"라는 차가운 반응만 돌아올 뿐이다. 현실은 그렇더라도 아빠가 열렬한 관심으로 지켜보고 있다는 걸 내 딸이 알아주길 바랐다.

오늘날 이 세상에서 가장 큰 어려움을 겪는 것은 아마도 자라나는 소녀일 것이다. 언제까지고 내가 아이의 가장 열렬한 팬이라는 사실을 애디슨이 알아주면 좋겠다.

애디,

어떤 사람이든 그가 네 인생에 가장 중요한
사람인 것처럼 대해라.

사랑을 담아, 아빠가

직장생활을 하며 나는 늘 이 격언을 따르려고 노력했다. 하지만 나는 리더의 자리에서 이 말을 잘 지키지 못했고, 바로 그 이유로 직장을 잃었다. 우리는 저마다 자기 자신에게만 집중하는, '우주의 중심은 나'라고 주장하는 사회에 살고 있다. 나만의 시간을 갖는 건 건강한 일이지만, 언제나 우주가 내 위주로 돌아간다는 식의 사고는 결코 건강하지 못하다. 다른 사람들에게 집중하고 자신을 남들과 공유하는 일은 우리 인생에 건강한 균형감각을 가져다준다.

타인의 목소리를 경청하고 타인의 삶과 가치에 관심을 두는 이들은 그렇지 않은 이들보다 더 큰 행복감을 느끼며 사는 경향이 있다. (과학적인 근거가 있으리라고 확신한다.) 그래서 나는 늘 내 아이들이 다른 사람들에게 예의바르게 대하길 바랐다. 그건 그들이 마땅히 받아야 할 대접을 누구에게나 받진 못한다는 진실을 알고 있기 때문이었다. 부모로서 내가 알려주고 싶은 딱 한 가지가 있다면, 그건 아마도 때로 타인이 내 삶의 가치를 더해줄 수 있다는 사실일 것이다.

애디,

다른 사람들이 널 어떻게 생각하느냐보다

네가 자신을 어떻게 생각하는지가 더 중요한 거란다.

사랑을 담아, 아빠가

　나는 청소년기, 그리고 성인이 된 지금도 여전히 다른 사람들이 날 어떻게 생각하는지 걱정하느라 지나치게 많은 시간을 보낸다. 이유가 뭐가 됐든 나는 얼굴 없는 트위터의 아바타들이 나에 대해 뭐라고 말하는지 신경쓰느라 너무 많은 감정과 시간을 소비한다. 가톨릭 학교 4학년, 아홉 살 소년이었던 때를 기억한다. 엿같았다. 그게 벌써 30년 전 일인데, 요즘같이 즉흥적이고 직관적인 인스타그램 시대에 중학생들이 얼마나 더 심술궂고 가혹한 비평가일지는 더 말할 것도 없겠지.

　나는 내 딸이 나나 아이의 엄마처럼 자신감 없는 아이로 자라나지 않길 바랐다. 애슐리는 그래서 수년에 걸친 심리상담을 받았고, 어느 정도 상처가 회복되었다. 하지만 흉터는 여전히 남아 있다.

　말이 쉽다는 건 알지만, 도대체 다른 사람들이 우리에 대해 어떻게 생각하는지가 왜 중요한가. 물론 부모와 자식은 서로 사랑하는 사이니까 당연히 신경써야겠지만 날 위해 아무것도 해줄 수 없는 사람들 때문에 에너지를 낭비하지는 말자.

　아! 나중에 이 말도 도시락 편지에 써줘야지.

애디,

언제나 최선을 다하렴.

네가 하는 모든 일에 실패해도 상관없고,

언제나 좋은 점수를 받지 않아도 괜찮아.

다만 최선을 다하렴.

사랑을 담아, 아빠가

학창 시절 내내 전 과목 A를 받는 반 친구들을 질투했다. 하지만 그들은 그만큼 열심히 공부했다는 걸 나도 알고 있었다. 그들은 언제나 최선을 다했다. 그들에게는 B가 최선이 아니었던 거다. 초등학교 시절을 돌아보면 난 늘 지루해했던 것 같다. 공부에 그렇게 많은 시간을 쏟아붓지 않았다. 수업 시간에 선생님 말씀을 받아적기는 했지만 집중하지는 않았다. 그래서 나는 성적표에 A도 받고, B도 받고, 군데군데 C도 있었다.

나는 최선을 다하지 않았다. 매일 최선을 다하지 않는다는 걸 나 자신도 알고 있었다. 내가 가진 능력의 70퍼센트 정도만 가동했다. D를 받았을 땐 신경쓰는 척이라도 해야 했기 때문에, 약간 더 노력해서 C^+나 B^-를 받아냈다.

대학에 가서도 나는 이 안 좋은 습관을 버리지 못했지만, 학부와 대학원 과정까지 계속 우등생 언저리에는 있었다. 나는 내 아이들이 나와 똑같은 실수, 그러니까 100퍼센트를 쏟아붓지 않는 실수(110퍼센트는 그저 상투적인 얘기일 뿐 불가능한 일이다)를 하지 않길 바란다.

애디,

하루는 8만 6400초란다.
몇 초만 들여 누군가에게 "감사합니다"라고 말해보렴.

사랑을 담아, 아빠가

내가 인생을 살면서 배운 한 가지는 어떤 것도 혼자 힘으로는 얻을 수 없다는 것이다. 인생의 여정에서 한 걸음 더 나아갔다면, 거기까지 갈 수 있도록 도와준 이들에게 감사하자. 처음 직장생활을 시작했을 때 나는 온전히 내 능력으로 정상에 올랐다고 생각했다. 아무런 도움도, 안내도 없이No help, No guidance※. 모든 영광을 크리스에게.

(◀◀되감기◀◀)

하지만 인생은 그런 게 아니지. 말할 필요도 없이 나는 얼마 지나지 않아 겸허해질 수밖에 없었다. 이제는 감사하는 삶을 살려고 노력한다. 신사적인 말투로 "부탁합니다"라거나 "네" "별말씀을요", 그리고 "감사합니다"라고 매일 말하려고 노력한다. 최소한 내 아이들이 사람들에게 "감사합니다"라고 말하는 법을 배울 수 있을 테니까.

그래서 나는 아이들이 생일선물이나 크리스마스 전리품을 만끽하기 전에도 잊지 않고 선물을 보내온 친척들에게 감사 편지를 쓰게 한다.

※ 크리스 브라운의 노래 〈No Guidance〉 제목을 빌려 쓴 문장이다.─옮긴이 주. 이하 각주는 모두 옮긴이의 주석이다.

애디,

네가 대접받고 싶은 대로 남들을 대접하렴.

네 모습 그대로, 다정하고 유머러스한 태도로 대하렴.

사랑을 담아, 아빠가

"잭!" 30분에 한 번씩 애슐리와 내가 우리집에서 듣는 소리다. 우리의 사랑스럽고 아름다운 아홉 살 딸이 호르몬을 잔뜩 주입한 분노의 괴물로 변신해, 그저 누나와 있고 싶을 뿐인 여섯 살짜리 동생에게 소리를 질러대는 것이다. 우리는 계속해서 아이들에게 상기시킨다. 네가 대접받고 싶은 대로 남을 대접하라고.

1분간 역할극을 해보자.

애디슨: 잭! 나가. 내 방에서 당장 나가!

잭슨: 누우나아? 나한테 그렇게 말하지 마!

아빠: 애디슨, 누가 너한테 그렇게 말하면 네 기분이 어떨 것 같아?

애디슨: (팔짱을 낀 채 투덜대며) 좋진 않겠죠.

잭슨: 난 괜찮아. 누우~나아!

아빠: 아니, 잭. 너도 그렇게 말하면 누나가 좋아할 것 같진 않은데.

그후 5분도 안 돼서.

"잭!" (아~ 심판 보는 기분, 이 아니고 육아의 기쁨이란……)

애디,

오늘 한 번도 웃지 않았다면 너는 하루를 낭비한 거야.
자주 웃으렴!

사랑을 담아, 아빠가

나는 잘 안 웃는 편이다. 그러니까 나는 유머감각을 타고난 사람이라 오히려 내가 만나는 거의 모든 사람을 웃게 만드는 쪽이다. 그런데 언제부턴가 웃는 빈도가 더 줄었다. 이상하게 들리겠지만 사실이다.

"당신은 너무 안 웃어." 거의 매일 애슐리가 잔소리하는데, 그 말이 맞다. 나는 잘 웃지 않는다. 좀더 웃을 필요가 있다. 시간이 지나면서 나는 애디슨이 (하아, 숨 좀 고르고) 나의 미니미가 되어가고 있다는 걸 알아챘다. 애슐리는 딸이 아빠를 닮아가는 건 아주 멋진 일이라고 계속 얘기해주지만, 때때로 누군가와 함께할 때 썩 유쾌하지 않을 나의 별스러운 기질들만 생각날 뿐이다. 그중 하나가 잘 웃지 않는다는 점이고.

애디슨도 잘 안 웃는다. 내 농담에도 웃지 않는다고! 아홉 살짜리에게 너무 수준 높은 농담이라 그럴 수도 있겠지만, 여전히 걱정은 된다. 나는 아이가 자기 인생을 사랑하길 바란다. 행복하길 바란다. 내가 아이였을 때, 그리고 10대 때까지 그랬던 것처럼 애디슨이 삶을 너무 무겁게 받아들이지 않길 바란다.

수십 년 전 유머가 부족해 풀지 못한 엉킨 실타래를 나는 아직까지도 열심히 풀고 있기 때문이다.

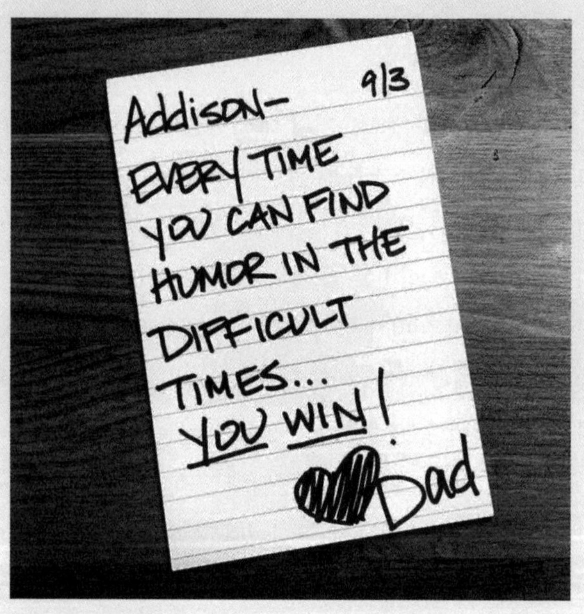

Addison—   9/3
EVERY TIME
YOU CAN FIND
HUMOR IN THE
DIFFICULT
TIMES...
YOU WIN!
Dad

✴

애디슨,

아무리 힘든 시기라도
유머를 찾아낼 수만 있다면……
네가 승리한 거란다.

사랑을 담아, 아빠가

애디,

어린아이의 행동에 점수를 매기는 사람은

아무도 없단다.

재미있게 지내렴.

일상을 즐겨봐.

웃고 놀고 배우렴.

하지만 이중에서 가장 중요한 건

재미있게 지내는 거야!

사랑을 담아, 아빠가

잭슨이 세계 최초로 다섯 종목의 스포츠 프로선수가 되고 싶어하는 것과는 달리, 애디슨은 운동을 좋아하지 않는다.

"어린아이의 행동에 점수를 매기는 사람은 아무도 없다." 정말 아무도 없다. 나는 올해 잭슨의 농구와 축구팀 코치를 맡았는데, 아이들이 이렇게 묻곤 한다. "코치님, 몇 점이에요? 누가 이기고 있어요? 몇 점이나 더 올려야 해요?" "아이들이 하는 일에 점수 매기는 사람은 아무도 없단다. 애들아, 그냥 재미있게 해." 그러면 내 아들이 이렇게 되묻는다. "아빠, 우린 점수가 궁금하다고요……" 대여섯 살 된 소년들에게 인생을 가르치려 한다는 것 자체가 좀 그런가……

아이들이 운동할 때조차 대학 장학금이라도 받아야 한다는 듯 유난을 떠는 부모들이 있다. 한 대학의 체육학과에 10년간 몸담았던 사람으로서 이런 생각이 얼마나 독이 될 수 있는지 나는 알고 있다. 게다가 내 자식들이라면 운동으로 장학금을 받는다는 건 있을 수 없는 일이다. 나는 운동엔 정말 젬병이니까.

잭슨이 바로 산증인이다. 자기가 가진 모든 에너지를 모든 운동에 쏟지만, 잭슨은 여전히 나처럼 뛴다. 다리 있는 냉장고라고나 할까. 그럼에도 그 아이에게 점수를 매기는 사람은 아무도 없다.

애디,

말하는 것보다 두 배는 더 들어야 해.

언제나 사람들의 말에 귀기울이렴.

오늘 시험, 행운을 빈다!

사랑을 담아, 아빠가

때때로 우리는 어떤 말을 이해하기 위해 듣는 것이 아니라, 그에 반응하기 위해 듣는다. 나도 가끔 이런 짓을 저지른다. 우리는 말, 말, 말의 세상에서 살고 있다. 아무도 더이상 들으려 하지 않는다. 모두가 자신의 말을 들어주기만 바란다. 그러나 당연하게도 소통은 그런 식으로 이뤄지지 않는다.

사람은 귀 둘에 입이 하나다. 신체 구조상으로도 우리가 말하는 것보다 두 배 이상은 들어야 한다는 게 명백하다. 그렇지만 우리는 종종 들은 것의 두 배로 말한다. 거기서 문제가 생겨나고, 의사소통에 오류가 생긴다.

우리는 사람들이 자신의 말을 차분히 들어주길 원한다. 우리는 이 패턴을 다른 사람들이 하는 말을 듣는 데에도 적용해야 한다. 상대의 말을 듣고, 천천히 새기고, 그다음에 반응하는 식으로 말이다. 우리는 자기 생각을 지키고 옹호하느라 너무 바쁜 나머지, 다른 사람이 말하는 걸 소화하는 데 필요한 단 몇 초도 쓰지 못한다.

아이가 집에 와 뭔가 얘기하려고 한다면, 잠시 핸드폰을 내려놓고 아들 또는 딸아이가 건네는 한마디 한마디에 귀를 기울여보자. 그들이 질문하면 제대로 답하고, 꼬투리를 잡고 늘어지지는 말자. 말하는 것보다 두 배 더 듣자.

애디,

언제나 옳은 일을 위해 나서라.
너의 목소리가 곧 너의 힘이다.

사랑을 담아, 아빠가

우리 주위엔 늘 불의가 있는데, 그 불의를 행하는 사람만큼 나쁜 건(더 나쁜 게 아니라면) 침묵하는 자이다. 나는 내 아이들이 옳은 일을 위해 나서길 바란다. 뭔가를 보았는가? 그럼 목소리를 내라. 아주 간단한 일이다.

하지만 정의를 위해 나서는 것과 고자질쟁이가 되는 것은 다르다. 어떤 의도든 간에 "고자질하면 다친다snitches get stitches"고 아이들에게 일러주곤 한다. 불량배나 길거리 갱단을 흉내내려는 게 아니라 아이들이 그 두 가지가 어떻게 다른지 이해하길 원하기 때문이다.

속임수를 쓰고 절차를 무시하는 사람들은 결국 대가를 치르게 되어 있다. 오늘이 아니고 내일도 아닐 수 있지만, 언젠가 그날은 온다. 따돌림당하는 사람들이 있다면 그들을 위해 나서라. 어떤 사람이 다른 누군가에 대해 편견을 갖게 한다면 그를 위해 나서라. 어떤 사람이 차별당하고 있다면 그를 위해 나서라. 옳은 일을 위해 나서라. 선의를 위해 부디 당신의 목소리를 내라.

애디,

완벽한 사람은 없어.

그러나 고양이들은 우와앙~벽하지purrr-fect.

고양이들은 실수를 두려워하지 않는다.

고양이가 되어라!

사랑을 담아, 아빠가

　심각한 분위기를 전환할 겸, 유머러스해져볼까 했다. 빙그레 웃을 줄 알았던 딸이 히죽히죽 웃더니 이렇게 묻는다. "내가 왜 고양이가 돼야 해요?"

　에휴……

애디,

친절은 0원이란다.

공짜야.

모두가 공짜를 좋아하지.

사람들에게 친절을 베풀렴.

사랑을 담아, 아빠가

지갑 사정은 늘 팍팍하다. 그래서 우리 모두 늘 공짜를 찾는다. 계좌에 한도 없이 입금할 수 있는 최고의 가치는 무엇일까(그러니까, 알면서~ 돈 말고)?

친절!

친절은 공짜다. 그럼에도 우리는 서로를 충분히 친절하게 대하지 못한다. 모두 자기 삶에 사로잡힌 나머지, 70억 명의 사람이 지구에 모여 사는 게 아니라 지구라는 거대한 스노볼 안에 70억 개의 행성이 둥둥 떠다니고 있는 것 같다.

매일 누군가의 계좌에 '친절'을 입금해보자. 우리는 친절로 누군가의 하루 또는 인생을 바꿀 수 있다. 다른 사람들에게 손을 내밀어보자. 그들의 삶은 물론 우리의 삶에도 긍정적인 영향을 미칠 것이다.

친절은 감사로 이어지고, 희망하건대 범사에 감사하는 삶의 태도로 나아갈 것이다.

애디,

다른 사람이 너의 가치를 정하게 두지 말아라.
너는 어떤 것과도 바꿀 수 없는 가치를 가졌단다.

사랑을 담아, 아빠가

　이날 애슐리와 나는 애디슨의 품행에 뭔가 변화가 생겼음을 감지했다. 딸아이는 무슨 일이 벌어지고 있는지 말해주려 하지 않았다. (알잖아요, 부모는 모든 걸 망치는 사람들이니까. 휴……)

　내가 아홉 살 때는 인터넷이나 소셜미디어가 존재하지 않았다. 오늘날 아이들이 감내해야만 하는 미디어, 그리고 또래 친구들의 거대한 압박이 우리에겐 없었다. 아이들은 점점 더 이른 나이에 잡지 표지에 등장하는 스타들을 접하고 자신들과 비교한다. 그리고 서로의 소셜미디어 팔로워들을 비교한다.

　우리는 저마다 다른 인생의 결과 우리 자신의 가치를 다른 사람들의 멋져 보이는 삶과 높은 가치에 견주어 평가한다. 다시 한번 말하지만 우리는 모두 동등한 가치를 지녔다. 우리는 똑같이 소중하다. 필터링한 인스타그램 포스팅이나 무지갯빛 스냅챗도 그 사실을 바꿀 수는 없다.

　타인은 당신의 가치를 정할 수 없다. 당신의 가치는 스스로 정하는 것이다. 당신은 어떤 것과도 바꿀 수 없는 고유한 가치로 빛난다.

애디,

좋은 본보기가 되어라.

누군가에게 너는 롤모델이니까.

사랑을 담아, 아빠가

내 사회생활 이력의 초창기, 석사 과정을 막 마치고 첫 풀타임 직장을 가졌을 때 나는 깨달았다. 누군가는 항상 당신이 하는 일을 지켜보고 있다. 나는 완벽한 사람이 아니기에 누군가의 롤모델이 되고 싶은 생각은 없지만, 내 아이들이 언제나 나를 바라보고 있다는 것은 안다.

아이들은 나를 모방한다. 내가 뭔가를 말하거나 어떤 행동을 하면, 가끔 애디슨이 예전에 내가 했던 잔소리를 언급하며 쏘아붙이곤 한다. 놀랍게도 애들이 다 듣고 있었던 것이다!

애슐리와 나는 누나인 애디슨에게 '잭슨이 언제나 네 행동을 지켜보고 있다'고 계속해서 상기시켜준다. 물론 잭슨이 누나에게 짜증나게 굴지 않을 때에 한해서. 잭슨은 누나를 엄청 좋아하고 누나가 하는 건 뭐든 따라 하고 싶어하지만, 누나가 왜 뭔가를 못 하게 하는지는 이해하지 못한다.

당신에게 동생이 있다면, 당신이 부모라면, 팀원이라면, 또는 우리집 근처 카페 바리스타라 해도, 언제나 좋은 본보기가 되어주길. 눈치채지 못한 사이 누군가 당신을 롤모델로 삼고 있을지도 모른다.

애디,

친구들이 너에게 어떤 일을 억지로 시킬 수도 있어.

다른 사람들이 다 한다고 너도 해야 하는 건 아니란다.

사랑을 담아, 아빠가

친구들이 있다는 건 멋진 일이다. 나도 살면서 많은 친구를 사귀었는데, 그들의 압력에 굴복한 일이 많았다. 애디슨이 곧 10대가 된다는 생각에 벌써 몸 구석구석이 저릿하다.

10대의 삶이 어땠는지 나는 기억한다. 애슐리도 그렇다. 우리 둘 다 친구들, 그러니까 우리가 끼고 싶은 어떤 무리의 압력에 휘둘리는 게 얼마나 쉬운 일인지 안다. 나는 내 딸이 강한 의지로, 그것에 쉽게 동의하거나 항복하지 않길 바란다.

친구가 뭔가를 한다고 나도 따라 할 필요는 없다. 때로 좋은 우정이란 모두가 맞다고 할 때 아니라고 말해주는 용기이다.

애디,

네가 사랑하는 일을 해라.
네가 하는 일을 사랑해라.

사랑을 담아, 아빠가

천천히 그러나 확실하게, 애디슨은 4학년으로 성큼성큼 진입했다. 하루는 아이가 잔뜩 들떠서 집에 왔다.

"동아리에 가입했어요! 총무에 지원했는데 뽑혔고요. 근데 뭐하는 자리인지는 나도 모르겠어요. 총무는 무슨 일을 해요?"

애슐리와 나는 내성적이었던 아홉 살짜리 딸이 어느새 커서 그 나이에 우리가 꿈도 못 꿨던 일들을 하기 시작한 것이 마냥 행복했다.

하루는 우리 딸이 동생의 축구 경기를 보다가 문득 이렇게 말했다.

"근데 저, 우리 반 학생회장으로 출마하고 싶어요."

"애디, 정말 대단한데!" 아내가 환호하며 덧붙였다. "우리 포스터 꾸미는 거 같이 하자. 아빠가 근사한 선거연설문도 쓸 수 있게 도와주실 거야!" 나는 농담처럼 사탕 뽑기 티켓도 내걸어야 한다고 말했다.

"아니, 포스터는 됐어요. 실은 지난주에 이미 선거가 끝났거든요. 전 당연히 떨어졌고요." 애디슨이 무미건조하게 대답했다. 그녀는 어깨를 으쓱하고는 슈퍼에 가겠다며 돈을 달라더니 총총히 떠났다. 나는 아내를 건너다보며 물었다. "방금 뭐가 지나간 거지?"

애디,

절대 실패를 두려워하지 마라.

그것만이 삶을, 뭔가를 배우는 유일한 길이니까.

사랑을 담아, 아빠가

　내 인생을 통틀어 가장 큰 패배감을 느낀 것은 직장에서 해고되었을 때였다. 그 강렬한 경험으로부터 뭔가를 배웠다고 생각하기까지 꼬박 1년이 걸렸다. 내가 애디슨에게 편지를 쓰기로 결심한 것은 이 깨달음을 나누기 위해서다.

　직장을 잃고 루이지애나로 돌아왔을 때, 나는 강한 아빠가 아니었다. 길을 잃은 느낌이었다. 이 회사 저 회사에 이력서를 보냈지만, 돌아오는 건 계속되는 거절뿐. 그럼에도 매일 아침 눈만 뜨면 다시 시도했다. 내가 아무리 고통스러워도 끄떡없는 사람이어서가 아니라, 아내와 아이들을 위해서 그렇게 해야만 했기 때문이다.

　이 악몽이 끝나지 않을 것만 같다는 생각에 아침에 깨어나고 싶지 않았던 날들도 많았다. 나는 바닥을 친 상태였다. 100통 넘는 이력서를 쓰고 아마도 100번이 넘는 거절을 당하고 나서야 나는 몇 가지 변화를 감행했고, 그 악몽은 드디어 끝이 났다. 나는 더이상 실패를 두려워하지 않게 되었다. 이미 실패의 정점을 찍었기 때문에, 앞으로 다가올 좌절은 그저 추가적인 연습에 불과했다.

　야구에서는 3할 타율은 돼야 '명예의 전당'에 오를 수 있다. 하지만 인생에서는 1할 타율만 되어도, 그러니까 단 한 번만 제대로 해도 99번의 잘못을 극복할 수 있다.

애디,

눈은 네 개인데, 볼 수 없는 게 뭐게?

정답은 미시시피Mississippi❋.

웃어!

좋은 하루 보내라!

사랑을 담아, 아빠가

❋ 미국 중남부에 있는 주, 'eye'와 발음이 같은 'i'가 네 개 들어가서 눈이 네 개라는 농담이 있다.

4학년 수준에는 꽤 재밌는 농담이라고 생각했다. 애슐리도 웃었다. 잭슨은 엄마가 웃어서 따라 웃었다. 애디슨은?

"미시시피주라고요? 그쵸, 그게 어떻게 앞을 보겠어요."

에잇, 웬만해선 웃지 않는 너, 내 딸 맞네.

애디,

"걱정은 흔들의자와 같다.

뭔가 할 거리를 주지만,

실은 아무것도 안 하는 것과 같다."

_영화 〈엽기 캠퍼스〉에서

사랑을 담아, 아빠가

애디슨에게 쓰는 편지는 이게 마지막이 될 뻔했다. 〈엽기 캠퍼스〉의 배우 라이언 레이놀즈가 #아빠의도시락편지 #DadLunchNotes 포스팅을 리트윗했기 때문이다. 깜짝이야!

〈엽기 캠퍼스〉를 보면서 여전히 미친듯이, 그리고 걷잡을 수 없이 웃어대는 걸 보면 내 속에는 아직 열아홉 살 아이가 살고 있는지도 모른다. 그리고 이 인용구는 내가 외워서 그때그때 반복해 써먹는 여러 대사 중 하나다.

나는 불안과 싸우느라, 그것도 대부분 내가 해결할 수 있는 게 전혀 없는 걱정들과 투쟁하느라 꽤 많은 시간을 낭비한 장본인이다. 물론 나도 안락한 흔들의자를 좋아한다. 하지만 걱정과 흔들의자, 그 둘 다 아무것도 얻을 게 없다는 사실을 안다. 내 집 뒷마당에서 흔들의자에 앉아 있으면 물론 편안하겠지만, 그저 같은 자리에 머물게 될 뿐이다. 앞으로 나아가는 것도, 뒤로 물러서는 것도 아니다. 내가 출발한 곳에 그대로 있을 뿐. 걱정도 마찬가지다. 그 행위로 뭔가 움직이는 것 같지만, 결국 한 걸음도 나아가지 못한다.

애디,

앞으로 나아가려면,

가끔은 일단 뒤로 물러나야 한단다.

그래도 괜찮아.

즐거운 하루 보내렴!

사랑을 담아, 아빠가

　지난주를 마치며 애디슨에게 걱정은 흔들의자와 같고 그것으론 한 걸음도 나아갈 수 없다고 말했다. 이번주를 시작하면서는 앞으로 나아가려면 가끔은 뒤로 물러날 줄도 알아야 한다고 썼다.

　내가 방향을 잡기 어렵게 오락가락하는 건가? 아니, 나는 그저 솔직해지려 할 뿐이고, 내 딸에게 인생은 흑과 백으로 나뉘지 않음을 보여주려는 것이다.

　인생의 재미는 노력을 통해 좌절을 극복하는 것, 그리고 인내의 보상을 즐기는 데 있다.

애디,

무지개와 유니콘 방귀가 들어 있는
요술주머니 같은 하루를 보내렴.

사랑을 담아, 아빠가

　나는 딸을 웃기기 위해 뼈를 깎는 노력을 다하고 있는데, 오늘 드디어 성공했다! 애디슨은 유니콘을 너무나 좋아하고, 초등학교 4학년 수준의 유머에는 왜인지 몰라도 방귀가 빠지면 안 되니까.

　매일매일 유니콘 방귀가 뿡뿡 터져나오는 요술주머니 같은 하루를 만들어줘야지!

애디,

너는 정말 운좋게도 그 누구와도 다른 존재로
태어났단다.
너는 나의 유니콘.
절대 변하지 마.

사랑을 담아, 아빠가

애디슨에게 쓴 편지들을 훑어보며 이런 표현을 썼던 걸 기억해냈다.

"넌 정말 운이 좋아."

우리는 정말 운좋게도 그 누구와도 다른 존재다. 우리 모두 운좋게도 자신만의 재능과 우수함을 타고났다. 언젠가 내 아이들이 나 같은 부모를 만나서 운이 좋았다고 생각해주길 기도해본다.

애디,

완주자가 되지 말고, 계속 나아가는 사람이 되렴.

우리는 모두 평생 배워야 하는 학생이야.

배움에는 끝이 없단다.

사랑을 담아, 아빠가

“어른이 되면 이런 건 알 필요도 없잖아.”

첫 과학 시험을 보고 애디슨이 한 말이다.

“음, 아닐걸, 알아야 할 거야. 네가 커서 어떤 일을 하든, 전문적으로 ‘알’ 필요는 없을지 몰라도 일반상식으로는 필요할 거야.”

“잠깐만요…… 뭐라고요? 고등학교 때 맥도날드에서 일하고 싶으면요, 그때도요?”

“상관없어, 애디슨. 학교에서 배우는 모든 것은 다른 것들의 기초가 되고, 그것들이 모여 네 인생의 꿈으로 이어지는 거란다.”

“웩.”

맞다, 이것이 아홉 살짜리 딸과 나눈 실제 대화 내용이다.

우리는 지식과 교육의 효용이 매일 의심받는 세상에 살고 있다. 그럼에도 완주에 의미를 두지 말고 평생 배우는 사람이 되겠다는 미션에 도전해보자. 배우고 탐험할 것은 언제든지, 얼마든지 있다.

애디,

아무도 수긍하지 않아도, 옳은 건 옳은 거야.

모든 사람이 맞다고 해도 옳지 않은 건 옳지 않은 거고.

옳은 길은 외로울 수도 있지만, 옳지 않은 편에

서는 것보단 낫단다.

사랑을 담아, 아빠가

네 개의 직각이 모이면 정사각형square이 되고, 그중 두 변만 틀어져도 직각을 이루지 못한다. 나는 내 아이들이 아무도 안 볼 때 옳지 않은 행동을 해놓고 잘못된 것을 옳은 척 무마하려는 사람이 되기보단, 좀 따분해도 '고지식한square' 사람이 되는 게 낫다고 생각한다.

이것이 결코 옳은 행동은 아니지만, 많은 사람이 다른 누군가가 보고 있을 때만 올바르게 행동한다. 우리가 언제나 옳은 일만 하는 건 아니라는 것이다. 그게 인간의 본성일 수도 있다. 그렇다고 그것이 우리의 행위를 정당화해주진 않는다.

사람들이 보든 안 보든 옳은 일을 하자. 이런 걸 두고 '덕'을 쌓는다고 말한다.

애디,

가장 큰 목소리를 내는 사람이
제일 똑똑한 사람인 경우는 드물단다.
언성을 높이지 말고, 네 주장을 더 분명하게 전달하렴.

사랑을 담아, 아빠가

아이들이 자기들끼리 고함을 지르며 싸우거나, 아니면 부모의 결정이 맘에 안 들어 소리지를 때 우리가 내리는 처방은 아주 간단하다. '언성을 높이지 말고, 네 주장을 더 확실히 해라.'

맘에 들지 않는 어떤 일이 벌어졌을 때 왜 우리는 성숙한 토론을 하기보다 언성을 높이는 걸로 문제를 해결하려 드는 걸까? 그러니까 내 말은, 스타벅스에서 '벤티 사이즈 트리플 모카-프라페-라테 티에 반은 카페인, 반은 디카페인으로, 바닐라 시럽은 여덟 번 펌핑' 따위의 주문을 잘못 받았다고 직원을 질책하는 동영상들이 바이러스처럼 퍼져나가고 있는 걸 보란 말이다.

언성을 높이는 것으로는 상황을 개선할 수 없다. 오히려 일을 악화시킬 뿐이고, 결국 당신을 그리 좋아 보이지 않게 만들 뿐이다. 그냥 당신만 시끄럽고 짜증나는 사람이 될 뿐.

고함치기를 멈추고 '수동 공격성을 띤' 험악한 문자메시지들을 덜 쓴다면, 꽤 많은 갈등과 논쟁을 줄일 수 있을 것이다.

지금 시도해보라.

애디,

너의 웃음으로 세상을 변화시키렴.

그러나 세상이 너의 웃는 표정을 변질시키도록

두지는 마라.

부디 웃음을 잃지 말길!

사랑을 담아, 아빠가

애디슨이 처음 내게 웃어준 그날부터 지금까지 나는 그 아이의 미소를 사랑해왔다. 이제 주근깨가 아이의 미소를 더 빛나게 해주니 더 사랑할 수밖에. 내가 어렸을 땐 주근깨와 웃음에 민감했기 때문에 그렇게 자주 웃지를 못했다. 좀 솔직해지자면, 이 책에 쓴 대부분의 글이 내가 어렸을 때 했던 것과는 정반대라고 보면 된다. 나는 내 딸이 내가 살아온 것과 정반대로 자라길 바란다.

이 세상은 한 아이의 표정을 너무 많이 바꾸어놓는다. 당신의 웃음으로 세상을 변화시켜라. 절대 세상이 당신의 웃는 표정을 변질시키게 두지 마라.

애디,

모든 사람이 널 좋아하진 않을 거야.

그렇다고 아빠처럼 모든 걸 자기 탓으로 돌리지는 마.

그건 그들의 문제이지, 너랑은 상관없는 일이야.

넌 굉장한 아이란다!

사랑을 담아, 아빠가

내게 팬클럽이 있었다곤 말 못 해도, 한때 안티팬클럽이 있었다는 건 안다. 예전 직장의 험악하고 건강하지 못한 조직 문화 탓이다. 다 큰 성인 남자 몇몇이 날 미워한다는 생각에 거의 2년을 괴로워했다.

결국에 나는 내려놓는 법을 배웠다. 마음의 짐을 내려놓으니 온몸이 가벼워졌다. 마음이 맑아지는 것을 느꼈다. 누군가가 날 싫어한다고 내 탓을 해선 안 된다는 걸 그때 깨달았다. 누군가가 날 싫어한다면, 그건 '그들의 문제'이지, '내 문제'가 아니다.

이건 명백한 진실이다. 그들이 당신을 제대로 알아갈 수 있는 기회를 놓치게 내버려둬라. 그건 어디까지나 그들의 문제니까. 게다가 모든 사람이 당신을 좋아하는 세상, 너무 지루하지 않은가.

당신을 좋아하는 사람들에게 집중하자. 당신을 싫어하는 사람이 얼마나 굉장한 걸 놓치고 있는지 깨닫게 하자. 바로 당신이라는 우주를 놓치고 있음을!

애디,

따뜻한 마음을 품은 소녀, 태도가 좋은 여성,
품격을 갖춘 숙녀가 되렴.

사랑을 담아, 아빠가

어떤 사람이든 원하는 모습에 이를 수 있다. 감사하게도 내 딸은 유치원을 졸업하기 전에 '핑크 공주의 시기'를 벗어났다. 나는 내 딸이 겁 없고 영리하고 독립적이고 개방적이며, 모든 방면에서 강한 여성이 되길 바란다. 남성들은 너무 오랫동안 강하고 독립적인 여성들을 두려워해왔다. 정말이지 바보 같은 일이다.

우리 부부는 딸과 아들 모두에게 그런 사회적 고정관념을 가르칠 생각이 없다.

사람은 뭔가를 이해할 수 없을 때 두려워한다. 그리고 오늘날 많은 남성이 여성들도 강할 수 있다는 걸 이해하지(또는 좋아하지) 못한다. 여성은 뽐내기 용도로 파티에 달고 가는 액세서리 같은 게 아니다.

나는 "모든 남성 뒤엔 강한 여성이 있다"는 말을 늘 싫어했다. 내 아내는 내 옆에 있지, 뒤에 있지 않다. 내 딸은 액세서리가 아니다. 그 아이는 영리하고 재밌고 강한 의지를 지녔으며 독립적이다.

애디는 기막힌 여성으로 자라날 것이다. 물론 태도와 품격은 차차 갖춰나가야겠지만.

Addison —   9/8
BE A
LEGEND,
NOT A LADY.
Dad

✳

애디슨,

레이디가 아닌
레전드가 되어라.

사랑을 담아, 아빠가

애디,

유명해지려고 발버둥치는 사람보다는,
모두가 알아야 마땅한 사람이 되렴.
인기는 아무 의미가 없단다.

사랑을 담아, 아빠가

당신은 사람을 알고자 하는가, 아니면 모두가 아는 사람을 알고자 하는가? 차이를 알겠나? 직장생활을 하면서 나는 한때 모두가 아는 사람이 되는 데 집착했다. 그래야 승진도 하고, 억대 연봉에 내 분야에서 성공을 거머쥘 수 있을 거라 믿었다. 그런데 유명인 또는 스타의 반열에 오르려는 욕심을 내면, 인생의 또다른 중요한 것들은 옆으로 미뤄두게 된다. 그런 욕망은 시야를 가리고, 진짜 목표에 도달하는 데 방해가 된다.

나는 사람을 알아가는 데 큰 수고를 들이지 않았다. 2014년 상을 받기 위해 국제 콘퍼런스에 참가했다. 애슐리와 저녁을 먹으러 가려고 호텔 로비를 지나는데, 그사이 최소 10명이 넘는 사람이 나와 이야기를 나누고 싶어했다. "세상에, 당신 유명하잖아!" 아내가 웃으면서 놀려댔다.

아내의 농담에 그냥 웃었지만, 관심이 집중되는 느낌이 그리 좋지 않았다. 아니, 사실은 정말 싫었다. 그간 내가 잘못된 생각으로 어떤 실수를 저질렀는지 그때 깨달았다. 이틀 뒤, 상을 받아야 하는 날이 왔는데 갑자기 속이 느글거리고, 일어설 때마다 욕지기가 났다. 그것이 내가 일으킨 첫 불안 발작이었다는 걸 나중에 알았다. 나는 인기 있는 사람이 되고 싶지 않았다. 아무도 보지 않는 구석으로 숨어들고 싶었을 뿐.

애디,

입을 열기 전에 마음을 먼저 열어라.

사랑을 담아, 아빠가

논쟁의 여지가 있지만, 나는 가족 중 그 누구보다 개방적인 편이다. 단 한 번도 특정 이념을 맹목적으로 따른 적이 없다.

"당신은 공화당 지지자인가요, 아니면 민주당?"

"음, 나는 그냥 유권자일 뿐이죠."

내가 그 말을 할 때 상대방 얼굴에 나타난 표정을 봤어야 하는데. 나는 모든 것을 있는 그대로 보려고 한다. 편견을 지우고, 나만의 결론을 도출해내려고 노력한다. 그것은 보기보다 쉽다. 내가 언젠가 애디슨에게 쓴 글처럼, 반응하기 위해 듣는 것이 아니라 이해하기 위해 들으면 된다.

우리는 아주 자주 어떤 상황이나 이야기를 완전히 이해하기도 전에 입을 연다. 그렇게 나온 말들에는 보통 소문, 추측, 또는 자신의 편견이 투영되고 만다. 자유사상가가 되자. 마음을 열고 새로운 것들을, 당신의 마음이 바뀔 가능성을 받아들이자.

매일(이기를 바란다) 속옷을 갈아입듯 마음을 열고, 생각이 변할 수 있다는 가능성을 받아들이자.

애디,

목표나 꿈이 있니?

그렇다면 네가 우표 같아지면 좋겠어.

최종 목적지에 다다를 때까지 그 목표 혹은 꿈을

꼭 붙들렴.

언제나 꿈을 크게 가져라.

사랑을 담아, 아빠가

"내가 왜 우표가 돼야 해요? 우편함에 처박혀 있을 뿐인데."

나는 차분히 다시 말했다. "애디슨, 요점을 놓치면 안 돼."

대학원에 다닐 때, 나는 스물다섯, 서른, 서른다섯, 마흔, 마흔다섯에 어떤 경력을 쌓고 있을지 대강의 연대표를 그려본 적이 있다. 집에 굴러다니는 술집 냅킨 뒷면에 썼을 거다. 왜 냅킨이냐고? 굳이 돈 주고 종이를 사지 않아도, 바에 갈 때 한 움큼 집어 오면 되니까.

내가 나이대별로 정한 목표는 성취할 수 없는 수준까지는 아니었지만, 제길, 아주 높기는 했다. 그리고 이 목표들에 점점 집착하기 시작했다. 실은 너무 집착한 나머지 심리상담을 받기에 이르렀고, 우울증은 점점 더 악화돼 스물아홉에 한 번, 그리고 서른셋에 또 한번, 두 차례 신경쇠약을 경험해야 했다.

언제나 꿈은 크게 갖되, 가족이나 본인의 건강을 희생할 정도가 되어선 안 된다. 내가 그 시절로 돌아간다면, 그 냅킨을 구겨 쓰레기통에 처박을 것이다. 나는 스스로 너무 큰 압박을 가했다.

나는 내 아이들이 스스로 그런 짐을 지우지 않길 바란다. 건강한 방법이 아니기 때문이다. 나는 그저 아이들이 꿈을 크게 갖고, 그것을 스스로 성취했다고 느낄 때까지 꼭 붙들길 바랄 뿐이다.

애디,

불완전한 것은 아름답다!

우리 모두 완벽했다면, 인생은 지루했을 거야.

불완전한 사람이 되렴.

사랑을 담아, 아빠가

"아빠, 여자들은 대체 무슨 짓을 하길래 잡지 표지에 그렇게 예쁘게 나오는 거예요?"

"포토샵."

"그건 아니죠."

아홉 살 난 내 딸이 벌써 '상품화된 완벽함' 이면에 놓인 속임수를 의심한다. 나는 내 딸이 잡지 표지에 실린 화려한 여성들이나 인터넷에 널린 모델 사진들을 보며 그녀들과 똑같아져야 한다고 생각하지 않으면 좋겠다.

포토샵의 도움을 받지 않고서는 완벽함 같은 건 불가능하다. 완벽해 보여도 확대해서 보면 얼마든지 결함을 찾을 수 있다.

완벽함은 얻을 수 없는 것인데, 그것 때문에 사람들은 흉한 짓들을 한다.

불완전한 것이 아름답다.

애디,

언제나 열심히 하고 제시간에 마치렴.

현실세계에는 늦게 제출한 숙제를 받아주거나

가산점을 운좋게 얻는 일 같은 건 없단다.

사랑을 담아, 아빠가

내 아내에게 물으면 알겠지만, 나는 일이나 학교 프로젝트에 관해서라면 아주 '재수없을 정도로' 시간을 엄수하려는 경향이 있다. 그러기 위해 숙제나 연구 프로젝트가 주어지는 그 순간 작업에 착수한다. 그래야만 최대한 많은 시간을 벌 수 있고, 최선을 다할 수 있기 때문이다. 꾸물거리는 건 내 스타일이 아니다. 미술 같은 영역에는 한 번씩 손대보고 말기도 하지만.

우리는 애디슨이 학교 숙제를 제시간에 잘해내고 있다고 생각했다. 그런데 한번은 제출일을 이틀 넘겨 낮은 점수를 받은 적이 있었다.

"왜 숙제를 늦게 낸 거야?"

"제날짜에 내는 걸 깜빡했어요."

"두 주 내내 숙제 있는 거 알고 있었잖아!"

"아, 맞다."

이런 대화를 나눈 이후 애디슨은 모든 숙제를 일찍 제출한다. 현실세계에선 숙세를 늦게 내는 일 같은 건 허용되지 않는다는 걸 깨달았으니까.

애디,

네가 만나는 모든 사람을 친절히 대하렴.
그들이 지금 어떤 싸움을 견뎌내고 있는지 알 수 없으니.

사랑을 담아, 아빠가

20년 가까이 우울증과 싸운 사람으로서 말하건대, 우울증은 사람을 차별하지 않는다. 부자에게도, 외모가 출중한 사람에게도, 유명하거나 가난하거나 혹은 악명 높은 사람에게도 찾아올 수 있다. 누구든 상관없다. 그럼 누가 사람을 차별할까? 바로, 사람이다.

사람을 대하는 태도는 중요하다.

음료를 잘못 만들었다고 바리스타를 질책하지 말자. 그들이 지금 어떤 삶을 견디고 있는지 우리는 모르니까. 그들도 사람이다. 안 그래도 너무 복잡한 주문을 좀 잘못 받았다고 못되게 굴 것까진 없지 않은가.

휴가철 대형마트에서 일한 적이 있는데, 손님들이 그곳의 직원들을 대하는 모습을 보고 경악을 금치 못했다. 마치 그들을 깔보는 듯한 태도였다. 나는 가장으로서 단지 가족을 부양하기 위해 몇만 원이라도 벌어보려고 한 것뿐인데 말이다. 친절한 손님 다섯 명을 만나면, 그다음 두세 명은 꼭 삶이 너무 싫거나, 아니면 내가 이 마트에서 일하는 게 너무 싫다는 듯한 태도를 보였다.

처음엔 사람들 태도에 속이 상했다. 그런데 나중엔 그냥 그 사람들이 딱했다. 마트 직원에게 화를 풀어야 할 정도로 당신 인생, 정말 아무것도 아니군요.

애디,

세상은 너의 의견이 아니라 행동으로 바꿀 수 있단다.
좋은 본보기가 되렴.

사랑을 담아, 아빠가

지난달 나는 애디슨에게 미소로 세상을 바꾸라고 썼다. 이번달에는 좋은 행동으로 세상을 바꾸라고 쓰고 싶다. 내가 아이를 혼란스럽게 하는 건가? 그러려던 건 아닌데. 인생은 루빅큐브처럼 복잡해 보이지만 사실 단순하다.

우리는 미소와 행동으로 세상을 바꿀 수 있다. 사람들은 타인의 행동을 모방하는 데 익숙하기 때문에, 미소와 다정한 태도는 사람들을 간단히 무장해제시키고 세상을 바꾼다.

모두가 자기 의견을 갖고 있다. 그리고 요즘은 소셜미디어 덕분에, 정말로 '모두가' 의견을 갖고 있다. 그런 개개인의 의견들은 세상을 조금도 바꾸고 있지 않지만, 분명 우리의 행동에는 영향을 미친다. 말하는 대신 좋은 본보기가 되자. 좋은 본보기가 됨으로써 우리가 이 세상에서 보고 싶어하는 변화들을 만들어보자.

타인의 의견에 침묵하기는 쉬워도 행동을 외면하기는 결코 쉽지 않다는 것을, 꼭 기억하자.

애디,

가장 힘이 센 세 가지 말은,

감사합니다.

천만에요.

미안합니다.

사람은 언제나 감사와 겸손을 품고 있어야 한다.

사랑을 담아, 아빠가

지금도 나는 여전히 문자메시지나 메일이 아닌 그림이 그려진 편지지에 감사편지를 써서 보낸다.

우리는 감사의 말을 충분히 하지 않는다. 미안하다는 말도 충분히 하지 않는다. 상황을 피해버리거나 다른 사람을 대신 비난하는 것으로 자기 체면을 지키려고 한다. 감사와 겸손은 약함의 표현이 아니다. 오히려 강함의 표현이다. 우리가 가질 수 있는 가장 강력한 미덕이다.

나는 감사하다는 말을 자주 하는 편이지만, 더 자주 할 수 있다는 것도 알고 있다. 미안하다는 말은 마땅히 그래야 하는 만큼은 자주 못 하고 있다. 내가 틀렸다는 것을 인정하는 법이 별로 없다. "미안해"라는 말이 쉽게 나와야 하는데 도무지 혀끝에서 떠나지 않는다.

승리의 순간에 감사하고, 패배의 순간에 겸손하라.

Addison—   3/11
AN APOLOGY IS
NOT A WEAKNESS.
IT'S THE
STRONGEST
THING YOU
CAN DO.
Dad

✷

애디슨,

누군가에게 사과하는 일은 약하단 증거가 아니다.
그건 네가 할 수 있는 가장 강인한 일이야.

사랑을 담아, 아빠가

애디,

너는 아름다워.

너는 친절해.

너는 사랑받고 있어.

너는 이미 충분해.

너는 무엇이든 될 수 있어.

사랑을 담아, 아빠가

가끔, 어떤 상황에서든 나를 지지해줄 사람들이 있다는 것을 사람들이 떠올릴 수 있다면 참 좋을 것이다. 오늘 아침 누군가 애디슨의 용기를 북돋울 필요가 있다는 느낌을 받았다.

그 아이는 아름답다. 동생한테 얼마나 자주 소리를 지르든, 그애는 여전히 친절하다. 아이의 가족은 아이를 사랑하고 열렬히 흠모한다. 그 아이는 그 자체로 충분하다. 내 아이는 무엇이든 될 수 있다.

애디슨이 뭔가를 잘하지 못한다고 말할 사람도 분명 있겠지만, 아빠만은 뭐든 해낼 수 있다고 믿는다는 걸 아이가 알아주었으면 좋겠다. 매일 아이의 마음에 그 믿음이 새겨지도록 노력한다.

너는 그 자체로 충분하단다.

애디,

네가 얼마나 큰 성공을 거두든지

사람들은 늘 뒤에서 너에 대해 험담할 거야.

그게 인생이란다.

하지만 이걸 꼭 기억해라.

그들이 네 뒤에 있는 데는 그만한 이유가 있는 거야.

사랑을 담아, 아빠가

아이들은 그저 아이들일 뿐이다. 서로 놀리기도 하고 서로의 뒤에서 험담도 할 것이다. 이건 어른들도 똑같다. 어딜 가도 진실보다는 소문과 험담 속에서 살아가길 원하는 사람들이 있기 때문이다.

여학생 몇몇이 애디슨 뒤에서 험담을 해왔다는 사실을 알게 됐다. 애디슨은 수줍음도 꽤 많고 내성적인 편이라 그 일에 대놓고 대항하진 않았을 것이다. 우리가 아무리 노력한다 해도, 뒤에서 험담하는 사람들은 늘 있을 것이다. 근데 그건 우리가 흥미로운 사람이어서 그런 것 아닌가, 안 그런가요?

그들이 원하는 만큼 우리에 대해 떠들게 두자. 그들이 갖지 못한 뭔가를 우리가 갖고 있다는 뜻이니까. 이런 일이 당신에게 벌어지고 있어서 기분이 저조하다면, 이것을 기억해보자. 당신 뒤에서 험담하는 사람들, 다 이유가 있어서 당신 뒤에 있는 거다.

Addison— 12/14
THOSE WHO
GOSSIP TO
YOU WILL
ALSO GOSSIP
ABOUT YOU.

♥ Dad

✳

애디슨,

너에게 가십을 퍼뜨리는 사람들은
어디선가 너에 대한 가십도 퍼뜨리고 있다는 걸
잊지 마라.

사랑을 담아, 아빠가

애디,

누구든 너의 영웅이 될 수 있어.

네가 나를 우러러보기도 하잖아?

하지만 내가 완벽한 사람과는 정말 거리가 멀고,

늘 최선의 결정을 내리지 못한다는 것도 넌 알 거야.

아빠도 그저 한낱 인간일 뿐이니까.

사랑을 담아, 아빠가

　권리 포기 각서: 나는 내 아이들의 영웅이 되고 싶지 않습니다.

　당연히 나는 '영웅 숭배'에 단 한 번도 동의한 적이 없다. 하지만 아이들이란 언제나 우러러보고 모방할 어른들을 찾게 마련이다. 아이들은 영웅을 고를 때 언제나 그 사람의 한 면, 그러니까 그 사람이 남들에게 보이고 싶어하는 모습만을 보는 경향이 있다.

　유명 운동선수나 배우 누구라도 떠올려보라. 대형 스크린이나 경기장 안에서 보는 모습이 꼭 그들의 진짜 모습이란 법은 없다. 어떤 사람을 우상이나 롤모델로 삼기 전에, 그들이 진짜 어떤 사람인지 확인하자.

　나는 아이들이 내가 진짜 어떤 사람인지 입체적으로 보는 게 낫지, 그들이 안다고 생각하는 내 단편적인 모습만을 보길 원하지 않는다.

애디,

앎이란 무엇을 말해야 하는지 아는 것이란다.

지혜란 말할지 말지를 아는 것이지.

우리에겐 둘 다 필요하단다.

사랑을 담아, 아빠가

나는 잡다한 것에 대해 많이 안다. 어떤 것들은 일반상식을 다루는 인기 퀴즈쇼 〈제퍼디!Jeopardy!〉에서나 쓸모 있을, 그저 그런 정보일 뿐이지만. 그런데 나는 가끔 말하지 말아야 할 때를 아는 지혜는 제때 발휘하지 못하는 것 같다. 어른이 되어서, 내 입 때문에 스스로 곤경에 빠진 적이 몇 번 있다. 나는 언쟁에서 지는 걸 두려워하거나, 나답지 않은 말을 하는 걸 딱히 꺼리지도 않는다. 어떤 사람들은 내가 입담이 좋다고도 말한다.

그런데 가끔은 아무 말도 하지 않는 게 좋을 때도 있다. 말에는 힘이 있어서, 듣는 사람을 해치는 칼날이 될 수 있기 때문이다. 반면에 꼭 말해야 하는 때도 있는데, 그러지 않으면 문제를 회피하는 상황에 봉착한다.

그렇다, 우리의 말은 어떻게든 우리를 곤경에 빠뜨릴 수 있다. 하지만 해서는 안 될 말을 해서 곤경에 빠지는 게 나을까, 아니면 우리가 꼭 해야 하는 말을 하지 않음으로써 문제를 회피하되 곤경에 빠지지 않는 쪽이 좋을까?

애디,

비관은 이미 세상에 차고 넘치지.
다정한 말이 생각나지 않는다면,
그냥 아무 말도 하지 않는 게 나아.

사랑을 담아, 아빠가

　지혜는 여러 양상으로 나타난다. 그렇지만 가장 마땅하고도 중요한 지혜는 세상에 긍정적인 생각들을 퍼뜨리는 능력으로 발현되는 것이다. 부정적인 에너지는 이 세상에 이미 파다하게 깔려 있다.

애디,

뭔가를 배우기에 나이가 너무 많다고도,

변화를 만들기에 나이가 너무 적다고도

생각하지 마라.

사랑을 담아, 아빠가

새롭게 뭔가를 배우는 데 학위와 상을 많이 받았다거나, 나이가 너무 많다거나 경험이 많은 게 걸림돌이 될 수는 없다. 우리는 이미 매일 모든 것으로부터 배우는 경험을 하고 있다.

사람들이 흔히 말하는 것처럼, 나이나 경험이 적다고 해서 다른 사람들의 인생을 변화시킬 수 없다고 생각하지 말자.

그 아이는 알고 있지도, 알아채지도 못하겠지만, 애디슨은 매일 내 인생을 변화시키고 있다.

애디,

네가 모두를 행복하게 만들 순 없어.

넌 타코가 아니잖아.

네가 타코였다면 모두가 행복했겠지,

그리고 몹시 배고파할 거고!

사랑을 담아, 아빠가

타코…… 이 이야기를 목요일에 쓰다니. 며칠만 일찍 이 편지를 썼더라면, 완벽한 '타코의 화요일Taco Tuesday'이 됐을 텐데. 그래도 이 편지는 목요일에 쓴 그대로 두기로 한다.

우리는 모두를 행복하게 만들 수 없다. 그건 그냥 인간이 할 수 있는 일이 아니다. 뒤집어보면, 타코는 모두를 행복하게 만든다. 우리 모두 타코였다면 얼마나 행복했을지 상상이 가는가? 갑자기 배고파지네.

※ 미국에는 화요일에 밖에 나가 타코를 먹는 풍습이 있다. 많은 식당이 특별 할인가격으로 타코를 파는 이벤트를 한다.

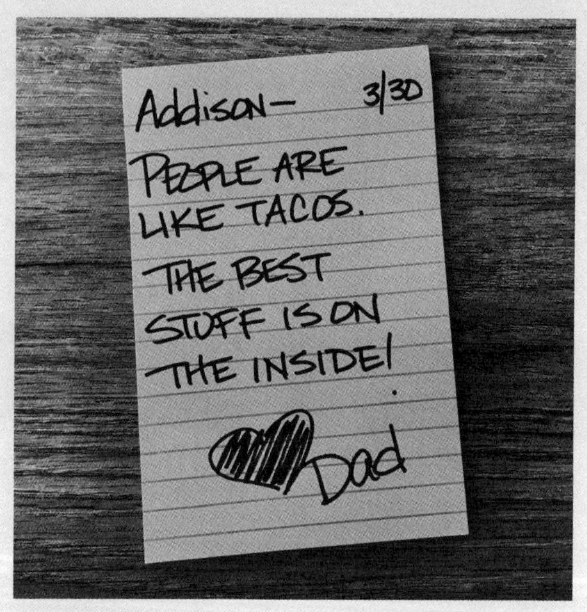

Addison —   3/30
PEOPLE ARE
LIKE TACOS.
THE BEST
STUFF IS ON
THE INSIDE!
Dad

애디슨,

사람들은 타코와 닮았다.
최고의 재료는 안쪽에 숨겨두고 있지!

사랑을 담아, 아빠가

애디,

배구 선수로서 얼마나 많이 성장했는지 알아.

아빠는 네가 정말 자랑스럽다.

네가 재밌다면, 그리고 훌륭한 팀원이라면,

그걸로 된 거야!

사랑을 담아, 아빠가

　애디슨은 안전지대에서 한 걸음 빠져나와, 배구를 하고 싶다고 말했다. 여러분이 궁금해하실 것 같아서 하는 말이지만, 애디슨은 나처럼 운동에는 별 소질이 없다. 배구공은 태어나 한 번도 만져본 적이 없었는데, 시험삼아 10분 정도 해본 배구 실력은 놀랄 만큼 좋았다.
　경기를 몇 번 거듭하고, 연습에 연습을 반복하면서 애디슨은 정말 많이 노력했다. 절대로 포기하지 않고, 노력에 노력을 더했다는 것, 나에겐 그 사실이 중요하다.

애디,

네가 만나는 모든 사람을
세상에서 가장 중요한 사람인 것처럼 대하렴.

사랑을 담아, 아빠가

절대 자신이 롤모델로 삼은 사람은 만나선 안 된다고들 한다. 우리에게 가장 큰 실망을 가져다줄 장본인이니까.

우리는 너무 쉽게 사람을 받들어 모신다. 스포츠 팬들은 자기가 응원하는 팀의 가장 좋아하는 선수 이름을 새긴 옷을 입는다. 연예인을 직접 보게 되면 홀딱 반해서 황홀해한다.

스타라고 해서 당신이나 나와 다를 게 없다. 단 하나 다른 게 있다면, 우리보다 돈을 더 많이 번다는 것 정도. 스타를 숭배하는 일은 그만두자.

대신 평범한 사람들을 슈퍼스타처럼 대해보자. 그들이 당신이 만날 수 있는 가장 중요한 사람인 것처럼.

Addison — 2/24
LIFE IS A
TEAM SPORT.
WE SHOULDN'T
GO THRU IT
ALONE!
Dad

애디슨,

인생은 팀 스포츠다.
우리는 절대 혼자서 이 경기를 통과할 순 없어!

사랑을 담아, 아빠가

애디,

매일 우리는 두 갈래 길을 마주하지.

더 좋아지는 길, 또는 더 나빠지는 길.

절대 제자리에 머물지 마라.

스스로 선택하고, 승리하렴.

사랑을 담아, 아빠가

우리 동네에 한 고등학교 교장 선생님이 하신 말씀에서 힌트를 얻어 쓴 편지다. 직장생활을 하면서도 이와 비슷한, 다양한 버전의 격언들을 많이 들었다. 나의 아버지도 내가 대학에 다닐 때, 그리고 직장생활을 막 시작했을 즈음에 이 비슷한 이야기를 한 번씩 들려주셨다. "매일이 면접시험이다."

아버지의 말도 확실히 옳다. 하지만 내 딸은 아직 아홉 살밖에 안 됐고, 아이를 노동하게 하는 건 법에 어긋나는 일이므로 아버지의 버전 대신 교장 선생님의 말씀을 인용하기로 한다.

우리는 매일 선택권을 부여받는다. 선택은 우리에게 달려 있다. 그 선택에 따라 우리는 더 좋아질 수도, 나빠질 수도 있다. 직장에서, 그리고 인생에서 얼마간 정체되어 있다고 느낄 순 있지만, 결코 어제와 같지는 않을 것이다. 모든 선택의 결과는 오직 둘 중 하나다. 더 좋아지거나 나빠지거나.

나에게 '제자리에 머문다'는 건, 좋아지지 않고 있다는 뜻이다. 자동차의 연료게이지를 생각해보라. 기름이 없으면 다시 채워넣어야 한다. 좋아지거나(연료를 넣거나) 나빠지는(연료가 고갈되는) 길밖에 없다.

선택은 여러분의 몫이다.

애디,

말에는 '힘'이 실린단다.
뭔가를 말할 거라면, 진심을 담아 말하렴.

사랑을 담아, 아빠가

올해 애디슨에게 쓴 편지들을 다시 훑어보니, 무의식적으로 어떤 규칙이 생겨나 있었다. 많은 편지에 '말'에 관한 이야기가 담겨 있었던 것이다. 나는 포스트잇에 '말'이 가진 힘이나 '말'이 어떻게 사람들을 돕거나 해칠 수 있는지 '말'하고 있었다.

나에게 상처를 준 말들도 있었지만, 또 나에게 도움이 된 말들도 있었다. 내 말로 누군가를 다치게도 했지만, 또 누군가에게는 희망을 주었다(정말 그랬길 바란다). 생각이 담기지 않은 공허한 말은 있을 수 없다. 우리가 하는 모든 말에는 언제나 어떤 생각이 담겨 있다.

누군가에 관해 부정적인 이야기를 올리기 전에, 10초만 흥분을 가라앉히고 생각해보자. 지금 내가 하려고 하는 말이 내 진심인가? 어떤 사람이 이 말을 내게 했다면 기분이 어땠을까?

사람은 누구나 (그래 보이지 않는 사람들도) 감정이 있다는 걸 우린 한 번씩 잊어버리는 것 같다.

애디,

일등으로 들어오는 건 큰 의미가 없어,

네가 올림픽에 나간 게 아니라면 말야.

서두르지 마라.

충분히 시간을 가져.

최선을 다해라.

학교는 경쟁하는 곳이 아니야.

성적은 네가 누군지 말해줄 수 없어.

사랑을 담아, 아빠가

나는 아이들의 성적을 신경쓰지 않는다(정작 내가 대학에 다닐 땐 말도 안 되게 점수에 목맸지만). 아이들에게도 점수는 상관없다고 얘기한다. 중요한 건 '노력'이다. 정말 최선을 다했는가? 내가 받을 수 있는 최고 점수가 'C'라면, 칭찬받을 만하다. 그런데 60퍼센트밖에 노력을 기울이지 않고 'C'를 받았다면, 문제가 있는 거다.

최선을 다하는 것에 집중하자. 모두가 졸업생 대표가 될 수 있는 건 아니다. 그리고 모두가 아이비리그 대학에 장학금을 받고 입학할 수는 없다. 우리가 통제할 수 있는 건 오직 우리의 '노력'뿐. 내 아이들에게 요구하는 건 매사에 전력을 다하라는 게 전부다.

점수도, 상도, 장학금에도 관심 없다. 최선을 다했는가, 그것이 중요하다.

애디,

누군가 너에게 관심을 가져주길 바라기 전에

다른 사람들에게 관심을 가지렴.

사랑을 담아, 아빠가

우리는 '나, 나, 나'의 세상에 살고 있다.

21세기의 전형적인 부모인 나와 애슐리는 아이들에게 자기 태블릿컴퓨터를 소유할 수 있는 특권을 주었다. 단, 제한된 시간에 정해진 규칙에 따라 사용하도록 했다. 아이들은 규칙을 어기는 순간, 특권을 빼앗긴다. 그런데 몇 달이 지나자 우리는 아이들의 수면 패턴과 기분, 그리고 식습관에 변화가 생긴 것을 발견했다.

애슐리와 나는 아이들의 태블릿을 압수했고, 벌써 1년 가까이 아이들은 태블릿 없이 생활해왔다. 아이들은 더이상 바깥세상에 관심이 없었다. 그저 동영상과 게임에 푹 빠져 있을 뿐.

애디슨은 전자기기를 나의 어린 시절 애착담요 같은 것으로 쓰고 있었던 것 같다. 여기서 거짓말을 하거나 거들먹거릴 생각은 없으니 하는 말이지만, 나 역시 마음이 불편하거나 사람들과 섞이고 싶지 않을 때 핸드폰에 파묻히는 버릇이 있다. 하지만 이 거친 사회에 나가 부딪쳐보지 않고서 어떻게 소중한 인연들을 만들겠는가?

핸드폰을 내려놓자. 시간과 노력을 들여, 다른 이들의 진짜 삶에 관심을 가져보자. 우리가 먼저 관심을 보인다면, 그들도 우리에게 조금쯤 관심을 가지지 않을까?

애디,

상처는 문신과 같아.
단, 더 좋은 이야기가 담겨 있지.

사랑을 담아, 아빠가

아니, 내 딸의 몸에 문신이 있다는 건 아니다. 문신은 내가 갖고 있다. 나는 삶을 헤쳐나가기가 너무 어렵고, 가족에게 내가 없는 게 차라리 나을 것 같다는 생각에 몇 번 자살을 시도한 적이 있다. 여기서 다 말하기는 어렵지만, 어쨌든 힘든 시기가 있었다. 그때 내 손목 안쪽에 숨을 쉬라는 의미로 쉼표를 새겼다. 사람들이 문신에 대해 물어보면, 그냥 나는 문법 중독자이고(실제로 그렇기도 하고), 쉼표는 내가 가장 좋아하는 문장부호라고 말해버린다. (느낌표와 물음표에게는 비밀이에요. 샘낼 테니까요!)

어젯밤, 애디슨이 식기세척기에서 그릇을 빼내고 있을 때였다. 갑자기 와장창 소리가 들리면서 오싹한 비명이 들려왔다. 부엌으로 달려가자 내 딸이 발밑에 핏물이 흥건한 채 서 있었다. 우리는 곧장 가까운 응급실로 달려갔고, 애디슨은 그다음 자기에게 무슨 일이 벌어질지 잔뜩 겁에 질려 있었다. 두꺼운 유리 조각에 깊게 벌어진 상처를 의사들이 봉합하는 동안, 나는 아이 옆에 바싹 붙어 있었다.

보세요, 애디슨의 상처 이야기가 내 문신 이야기보다 더 낫죠?

애디,

다른 사람들이 보고 있지 않을 때도
언제나 옳은 일을 하렴.
그런 걸 '온전함'이라고 부른단다.

사랑을 담아, 아빠가

　사람들이 보고 있을 때, 아니면 카메라가 돌아가고 있을 때만 선한 일 또는 옳은 일을 하는 사람이 되지 말자. 그건 선한 시민이 할 일이 아니다. 능수능란한 사기꾼이라면 모를까.

　그럴 거면 그냥 하지 말자.

애디,

인생은 공평하지 않단다.

속았다는 생각이 들 때도 많을 거야.

그럴 땐 네가 갖지 못한 것에 대해 불평하지 말고,

네가 가진 것에 감사하렴.

사랑을 담아, 아빠가

"이건 불공평해."

부모라면, 아이들이 감정을 억누르며 이런 말을 하는 걸 들어봤을 것이다. 우리로 말할 것 같으면 너무 자주 듣는다. 애디슨은 어느 날 자기가 아닌 같은 반의 누군가가 상을 받은 일을 두고 이렇게 불평했다.

"애디슨, 인생은 공평하지 않아. 모두가 선택받을 순 없지. 그리고 모두가 상을 받을 수 있는 것도 아니야."

애디슨은 잠시 멈칫하더니 나를 바라보았다. 나는 계속했다.

"그 친구가 이거랑, 이거랑, 이걸 갖고 있니?" 나는 집안에 이런저런 물건들을 가리키며 물었다.

"음, 아닐걸요." 애디슨이 대답했다. "뭘 말씀하시는지 알 것 같아요."

인생은 공평하지 않다. 한 번도 그런 적이 없고, 앞으로도 그렇지 않을 것이다. 지금 무엇이 내 인생에서 잘못되어가고 있는지 불평하기보다, 무엇이 잘되어가고 있는지 자축해보자.

애디,

너는 무엇이든 할 수 있어.

다만 모든 걸 할 수는 없지.

너는 너 자체로 충분하단다.

사랑을 담아, 아빠가

　너무 많은 사람이 너무 많은 사람에게 너무 많은 것이 되려고 애쓴다. 나는 남편이자 아빠, 고용인, 학생, 그리고 파트타임 스포츠 코치 노릇을 하려고 안간힘을 쓰고 있다. 정말 지치는 일이다.

　나는 물론 우리 아이들이 훌륭한 사람이 되기 위해 노력하길 바란다. 그게 뭐가 됐든 아이들 자신이 원하는 사람이 되면 그뿐이다. 하지만 모든 것이 되기란 불가능하다. 학창 시절에 나는 늘 지쳐 있었다—심리적으로, 육체적으로 그리고 감정적으로. 나는 내 아이들이 너무 많은 것을 동시에 해내느라 허덕이지 않길 바란다.

　무엇이든 할 수 있다. 다만 합리적으로 하자. 당신은 그 자체로 충분하다.

애디,

네가 틀렸을 땐, 그걸 인정하렴.
네가 맞았을 땐, 잠자코 있어라.

사랑을 담아, 아빠가

나에겐 나쁜 습관이 많이 있지만, 가족에게 저지르는 가장 나쁜 행동 중 하나는 모든 대화를 내가 끝맺으려고 한다는 점이다. 모든 대화의 결론을 내가 내려고 하는 것은 물론, 내가 틀렸을 때조차 인정하려 하지 않는 문제도 갖고 있다.

압니다, 알아요, 이런 고백을 하면 '올해의 아버지'상 같은 건 받을 수 없겠죠. 그렇지만 이제 인정하고 싶다. 나는 내가 틀렸다는 걸 알면서도 곧바로 인정하려 들지 않는다는 사실을. 내가 맞았을 때도, 은근히 자랑하는 것까진 아니더라도 늘 잠자코 있지 못한다.

승리의 순간에 겸손하고, 패배했을 때는 품위를 지키자.

애디,

네가 몇 번을 실패해도 상관없어.
딱 한 번만 잘하면 되는 거야.

사랑을 담아, 아빠가

나는 야구를 사랑한다. 애디슨은 운동을 싫어해도 여전히 나와 함께 경기를 보고 질문을 한다. 그래서 집에 있을 때 나는 야구를 예로 들어 이런저런 이야기를 들려주곤 한다. 야구는 우리가 단 한 번의 성공만 거둬도 충분하다는 것을 설명하기에 더없이 좋다.

노력을 멈추지 말라. 절대로 꿈을 포기하지 마라.

99번 삼진아웃을 당하고 100번째에 우승으로 이끄는 안타를 치면, 사람들은 그가 절체절명의 순간에 어떻게 위기를 극복했는지 이야기할 것이다—어떻게 99번을 실패했느냐가 아니라.

계속해서 타자석으로 나가자.

딱 한 번만 제대로 치면 된다.

애디,

메아리가 아니라 목소리가 되자.

(남이 하는 말을 그냥 따라 하지 말고, 옳은 일을 위해

당당히 말하자.)

사랑을 담아, 아빠가

좋아요.

구독.

댓글.

공유.

이것이 이 시대의 소통법이다. 어떤 면에선 좋기도 하고, 또 다른 면으론 처참한 상황이 아닐 수 없다. 요즘은 소통의 신속성 때문에 특정 파벌에 속한 사람들이 목소리를 얻고, 그렇지 않은 사람들은 잃는 상황이 생긴다.

다른 사람들의 생각에 내 것을 얹는 일은 그만두자. 자신만의 목소리를 내보자. 자신만의 결론을 이끌어내보자.

그리고 다른 사람들을 위해 목소리를 내자. 남이 하는 말을 따라 하지 말고.

메아리가 아니라, 목소리가 되자.

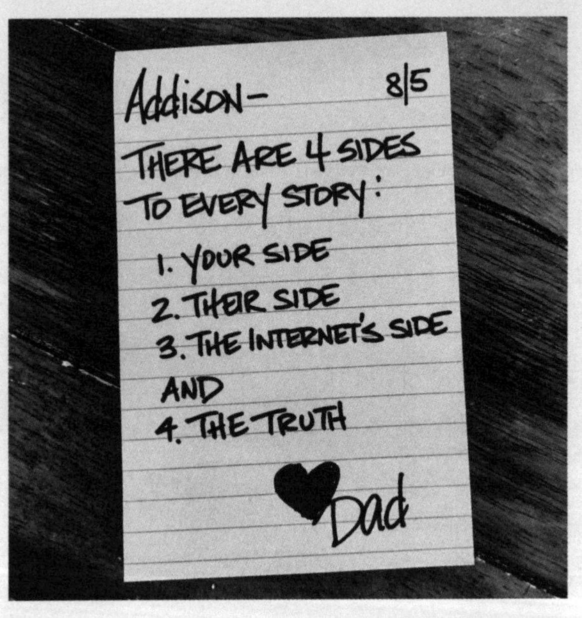

Addison—   8/5
THERE ARE 4 SIDES
TO EVERY STORY:
1. YOUR SIDE
2. THEIR SIDE
3. THE INTERNET'S SIDE
AND
4. THE TRUTH
♥ Dad

❋

애디슨,

모든 이야기에는 네 가지 관점이 있다.

1. 너의 관점

2. 그들의 관점

3. 인터넷의 관점

그리고

4. 진실

사랑을 담아, 아빠가

애디,

불가능한 건 없단다.
길이 없다면 스스로 길을 내보렴.

사랑을 담아, 아빠가

　무슨 말을 써야 할지 도무지 생각이 안 나는 때는 많지 않은데, 이번엔 덧붙일 말을 찾기가 쉽지 않다. 그냥 이 아침에 건네고 싶은 말을 적었을 뿐.

Addison - 10/17
YOU ARE
THE SKY.
EVERYTHING
ELSE IS
JUST THE
WEATHER.
Dad

＊

애디슨,

너는 하늘이야.
너를 둘러싼 다른 모든 건
그저 날씨일 뿐이란다.

사랑을 담아, 아빠가

애디,

평범함ordinary과 비범함extraordinary의 차이는

아주 약간의 '추가extra'에 달려 있지.

내 딸아, 너는 비범하단다!

사랑을 담아, 아빠가

　지난 몇 년간 나는 대학의 시간강사로 일해왔다. 어느 학기에(사실 강사로 일하기 시작한 첫 학기에) 두 가지 과제를 제출하지 않은 학생이 있었다. 하지만 그녀는 중간 학기와 학기말 시험에서 좋은 성적을 냈고, 다른 과제들은 제날짜에 제출했다. 그녀의 평균 학점은 B가 되었다.

　점수를 발표한 지 한 시간도 안 되어 그 학생이 이메일을 보내왔다.

　"얀들 선생님, 선생님이 제게 B를 주신 걸 봤는데, 전 A를 받아야 한다고 생각하는데요. 학점을 올리고 싶은데 추가 점수를 얻을 방법이 있을까요?"

　처음 든 생각은, '배짱 있는데'. 두번째 든 생각은(이것이 내 실제 생각이지만) 이것이었다. '학생은 학기초에 하나도 아니고 두 개의 숙제를 제날짜에 제출하지 못했습니다. 그것 때문에, 학생은 B를 받은 것입니다.'

　왜 사람들은 그들이 기대받는 만큼 또는 요구받은 대로 하지 않은 데 대한 책임을 지지 않는 걸까? 자기에게 할당된 양보다 더 많이 하거나 더 내놓으려고 하는 사람은 없다. 그렇지만 마감날이 지나고 점수를 받고 나면 그제야 마감기한 연장과 추가 점수를 요구한다.

애디,

너는 내가 쓸 수 있는 가장 행복한 문장의
'느낌표'가 될 거야!

사랑을 담아, 아빠가

딸아이의 얼굴에 웃음이 번지는 걸 보고 싶었다. 애디슨은 정말로, 내가 쓸 수 있는 가장 행복한 문장을 끝맺을 느낌표이다. 여러분이 지금 읽고 있는 이 책은 애디슨을 위한 것이다. 그 아이 때문에 쓴 책이다.

나는 느낌표를 자주 쓰지 않는다. 내가 읽은 책을 떠올려보면 작가들이 내게 소리치는 게 싫기 때문이다. 그럼에도 내가 느낌표를 쓸 때면 나는 언제나, 딸아이를 생각한다!

애디,

한 걸음씩 앞으로 나오다보면

무리에서 빠져나올 수 있단다.

무리에 묻히기엔 넌 너무 빛나!

사랑을 담아, 아빠가

내가 나이가 좀더 어렸을 땐 겁이 너무 많아서 무리에서 벗어나질 못했다. 내게 관심이 집중되는 게 싫었고, 지금도 여전히 그렇다. 중학교와 고등학교 시절을 지나면서도, 대부분은 다른 이들 속에 묻혀 있었다. 어떤 직책도 맡으려 하지 않은 건 물론이다. 아마 사람들 앞에서 이야기하거나 많은 이들 앞에 서는 게 무서워서 의도적으로 군중 속에 숨어 있었던 것 같다.

대학에 들어가고 나서는 군중 속에 섞여 있는 게 자신을 '보호'하는 일이 아님을 서서히 깨달았다. 오히려 이런저런 기회들을 통해 경험을 쌓고 필요한 기술을 익히는 데 방해가 됐을 뿐이다.

처음엔 친구들 앞에 서는 두려움과 공포를 극복하는 일이 쉽지 않을 것이다. 하지만 시간이 지나면서 자연스러워진다.

세상 사람들 앞에 내놓지 않기엔, 당신이라는 별은 너무도 밝다.

애디,

완벽한 사람은 현실에 없어.
현실에 있는 사람은 완벽하지 않단다.

사랑을 담아, 아빠가

직장생활을 처음 시작한 당시에 나는 직위와 완벽을 좇고 있었다. 완벽한 남편이자 완벽한 아빠가 되려고 애썼다. 완벽이라니, 그때 내 모습을 보면 얼마나 얼토당토않은 바람이었는지 놀랄 것이다. 내가 만난 다섯 명(그래요, 다섯 명)의 심리치료사 중 첫번째 선생님을 만나고서야 나는 완벽이라는 잘못된 개념에 집착하고 있음을 깨달았다.

완벽은 존재하지 않는다. 완벽을 좇는 사람들은 그저 '완벽한 존재'에 대한 끝없는 욕구를 채우기 위해 아등바등할 뿐이다. 손에 거머쥘 수 있는 게 아니기에, 완벽을 좇는 사람에겐 끝없는 기복만 약속돼 있다.

완벽한 인생을 사는 것처럼 보이는 사람들은 그저 자신이 갖지 못한 것들을 애써 숨기고 있을 뿐이다. 불행으로 인생을 가득 채울 생각이 아니라면, 완벽은 잊자.

애디,

네 의견을 말하려는 목적으로 남의 말을 들어선 안 돼.
다른 사람의 말을 이해해보겠다는 마음으로 들으렴.

사랑을 담아, 아빠가

더 듣고 덜 말해야 한다는 이야기를 내가 또 하게 된다. 부모로서 우리는 옳고 그름에 관해 우리 아이들과 끝없이 논쟁한다. 우리가 말할 때 아이들은 필연적으로 말대답을 하게 되고, 반대의 경우도 마찬가지다. 그리고 거의 언제나 우리는 상대방의 말을 (자신도 모르는 사이) 경청하지 않는다. 우리는 그저 우리의 관심을 끄는 대화의 작은 부분들만 신경써서 들을 뿐, 그 외 부분들은 듣고 흘려버린다. 그리고 대개 이것은 의사소통의 오류와 오해를 낳는다.

매주 토요일 아침 6시에 일어나 스포츠 경기 재방송을 보는 나의 여섯 살 난 아들은 어느 아침 내게 물었다.

"아빠, 텔레비전에 나오는 저 아저씨들 왜 서로 소리지르며 말하는 거예요?"

눈을 들어서 보니, 호객꾼 같은 패널들이 나오는 스포츠 토크쇼가 방송되고 있었다.

나의 여섯 살짜리 아들이 자기 말을 하기 전에 다른 사람의 말을 귀기울어 들어야 한다는 건 아직 모르겠지만, 호객꾼들에게서 얻을 건 아무것도 없다는 걸 알 만큼은 성숙한 것 같다.

애디,

네가 만나는 사람들을 '아무나'가 아닌
'누군가'로 만드는 사람이 되렴.

사랑을 담아, 아빠가

　나는 누군가 나를 중요한 사람으로 생각하게 만드는 것보다, 다른 누군가를 중요한 사람이라고 느끼게 하는 것이 더 중요하다고 생각한다. 내가 떠받들어지길 원한다면, 우선 상대방을 먼저 떠받들어야만 한다. "밀물이 모든 배를 띄운다"는 유명한 격언처럼 말이다.

　항구에 떠밀려내려온 배들을 물 위에 띄우는 밀물이 되자. 생각해보면 우리는 누구나 망망대해에 떠 있거나, 항구로 떠밀려내려와 다시 물로 돌아갈 수 없는 배 같은 신세다.

　밀물이 되자. 띄워올리는 일을 하는 사람이 되자. 자신의 이익을 위해 다른 사람들을 넘어뜨리지 말자. 다른 사람들을 띄워올리는 일을 당신이 한다면, 당신도 그만큼 더 멀리 나아갈 수 있을 것이다.

애디,

아무것도 기대하지 말아라.

모든 것에 감사해라.

사랑을 담아, 아빠가

우리집 내 책상 위에는 내가 직접 디자인해서 만든 감사카드가 쌓여 있다. 아마 벌써 여섯 번인가 일곱 번 재인쇄했을 것이다. 나는 매년 이곳저곳에서 알게 된 약 100명의 사람들에게 자필로 감사카드를 보내왔다.

그들이 내게 보여준 우정, 혹은 그들의 가르침이나 조언에 감사하는 마음으로, 아니면 그저 내가 너무 좋아하는 사람들이어서 보낸다.

이렇게 감사를 전하는 행위는 내가 길을 잃고 헤맬 때 나 자신에게 집중하고, 생각들을 정리하는 데 도움을 준다.

생일이나 크리스마스가 다가오면, 내 아이들도 선물을 보내준 사람들에게 카드를 쓴다.

아무것도 기대하지 말아라. 모든 것에 감사하라.

애디,

인생은 수많은 문제로 가득차 있지.

너의 인생은 수많은 해결책으로 가득차 있단다.

사랑을 담아, 아빠가

내가 한 조직의 대표였을 때, 직원들에게 이렇게 말하곤 했다. "내 사무실에 문제를 갖고 찾아올 거라면, 해결책도 함께 가져오는 게 좋을 겁니다."

인생이나 직장에서 문제를 제기하기란 쉽다. 어려운 건, 그 문제들에 해결책을 제시하는 것이다. 해결책을 제시하는 일이 쉬웠다면 문제에 대해 불평할 필요도 없이 먼저 해결하려고 나서지 않았을까?

나는 내 아이들이 불만에 가득찬 투덜이가 아니라, 문제를 해결하고 비평적으로 사고하는 사람이 되길 원한다. 그래서 애디슨이 문젯거리나 불평거리를 들고 찾아오면 우리는 이렇게 묻곤 한다. "어떻게 하면 해결할 수 있겠니?"

우리는 애디슨이 자신이 처한 상황에 대해 곰곰이 생각해보길 바란다. 그건 아이들이 인생에서 성공하기 위해 필요한 도구를 얻는 길이니까. 모든 걸 구글 검색으로 해결할 순 없다. 물론 원한다면 구글 검색을 해볼 수는 있겠지만, 장담하건대 진짜 필요한 정보를 찾기 전에 고양이 동영상 같은 것들을 먼저 보게 될 것이다.

애디,

친구를 보면 그 사람이 어떤 사람인지 알 수 있지.
어떤 사람들을 네 주위에 둘지 늘 신경쓰렴.

사랑을 담아, 아빠가

애디슨이 학교에서 겪었던 문제들이 직접적으로, 혹은 간접적으로 그녀가 어울리던 아이들과 관계된 것임을 알아챈 게 이즈음이었다. 자라면서 나는 사람들이 성과나 외모로 나를 판단하기도 하지만, 내가 누구와 어울리는가로도 평가할 것임을 배우게 되었다. 이 재밌는 사실을 알게 된 이후로 내가 얼마나 많은 페이스북 친구들을 끊어냈는지 아는가?

당신의 친구들, 당신이 어울리는 사람들은 분명 당신에게 영향을 미칠 것이다. 직접적이진 않을지 몰라도, 간접적으로나마 영향이 있을 것이다. 요즘은 꼭 내가 직접 아는 사람이 아니더라도, 그 사람들의 지인이 되기도 한다. '6단계 분리법칙'*을 고려해서, 당신도 모르게 누군가와 연결되어 있다면 손을 써둘 필요가 있다.

갑자기 잠적하라거나 모두와 절교하라고 제안하는 게 아니다. 그저 당신이 누구와 어울리고 있는지는 알아야 한다는 것뿐이다. 친구를 보면 그 사람을 알 수 있는 법이니까.

*여섯 단계의 사람들을 거치면 서로 모르는 사람들끼리도 쉽게 연결될 수 있다는 정보 전달과 네트워크에 관한 개념을 의미하는 용어.

애디,

누군가 잘못하더라도, 그 사람이 그동안 해온
옳은 일들까지 잊어버리지는 마라.

사랑을 담아, 아빠가

이 경우에 해당하지 않는 예도 물론 있기는 하지만, 대부분의 경우에는 꼭 기억해두는 게 좋다.

나는 살면서 많은 잘못을 저질렀지만 (감사하게도) 애슐리는 내가 잘했던 일들을 기억해주었다. 코끼리에 관한 내 아이들의 기억에도, 내가 잘못한 일과 잘한 일이 함께 녹아 있을 것이다. 아이들에게 코끼리를 보여주러 가던 어느 날, 나는 속도위반 딱지를 끊었기 때문이다.

다른 사람들을 기꺼이 용서하되, 그들이 무엇을 했는지 또는 그때 나의 감정이 어땠는지는 잊어버리지 말자.

애디,

"네가 시도조차 하지 않은 슛은 100퍼센트
빗나간 것과 마찬가지다."

사랑을 담아, 아빠가

누구의 명언일까?

1. 웨인 그레츠키Wayne Gretzky ✻

2. 마이클 스콧Michael Scott ✻✻

3. 아빠

내가 제일 좋아하는 시트콤 〈오피스The Office〉의 대사를 인용해서 좀 재밌게 해보려고 했는데,

"아빠, 괜찮은 거예요? 무슨 말인지 모르겠는데. 웨인 그레츠키가 누군데요?"

이것은 얼굴을 손으로 가린 이모티콘 같은 순간이었다.

"못 알아들을 거라고 했잖아."

애슐리가 말했다.

아내의 말에 좀더 귀기울여야겠다.

✻ 아이스하키 역사상 가장 위대한 선수로 손꼽히는 캐나다의 아이스하키 선수. 앞의 명언을 말한 주인공이다.

✻✻ 미국 시트콤 〈오피스〉에 나오는 가상인물로, 그레츠키의 명언을 인용한 에피소드가 있다.

애디,

모두가 훌륭한 사람이 될 운명을 타고나는 건 아니야.
그렇지만 우리 모두 훌륭해지려고 노력할 수는 있단다.

사랑을 담아, 아빠가

　훌륭함에 대한 정의는 사람마다 다를 수 있다. 나의 훌륭함에 대한 정의와 당신의 것이 같지 않기에, 우리는 모두 훌륭해지려고 감히 노력해볼 수 있는 것이다. 모두 똑같이 훌륭함의 정상에 오를 수는 없다. 사람마다 도달하고자 하는 훌륭함의 높이가 다르기 때문이다.

　스스로 정한 훌륭함의 정상에 도달하기 위해 노력하자.

애디,

너는 다이아몬드 같아.
밝게 빛나고, 충격에 강하며, 아름답지.

사랑을 담아, 아빠가

내가 가진 세 개의 다이아몬드가 있다. 내 아내의 약혼반지, 귀걸이, 그리고 내 딸이다. 셋 다 밝게 빛나고, 충격에 강하며 아름답다. 당연히 그중 으뜸은 애디슨이다.

우리는 반짝이는 것을 좋아한다. 그다음으로 딸이나 아내가 받으면 기분좋을 최고의 선물은? 다이아몬드만큼 소중하다는 말을 듣는 것이다.

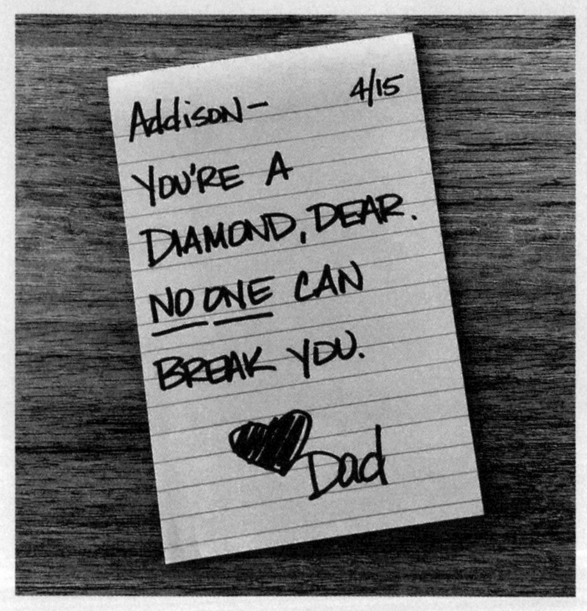

Addison —   4/15
You're a
Diamond, dear.
No one can
break you.
Dad

애디슨,

나의 소중한 아이야.
너는 다이아몬드야.
그 누구도 널 부서뜨릴 수 없단다.

사랑을 담아, 아빠가

애디,

다른 사람들과 똑같아지려고 하면,
영향력을 가진 사람이 될 수 없어.

사랑을 담아, 아빠가

우리가 모두 똑같았다면 세상은 지루한 곳이 되었을 것이다. 우리가 모두 똑같았다면 서로에게 어떻게 영향을 미칠 수 있겠는가? 우리는 모두 똘마니들에 머물렀을 것이다. 다른 사람들과 똑같아지려고 하지 않음으로써, 우리는 서로 영향을 주고받을 수 있다.

나와 똑같은 사람에게는 그 무엇도 배울 수 없다. 처음에는 단기적으로 뭔가 얻는 것 같은 경험을 할 수도 있지만, 결국에는 정체기가 오고 더이상 한 걸음도 나아가지 못할 것이다. 나와 다르게 생각하는 사람을 찾자. 지금 당신이 하는 일에, 생각하는 것에, 믿고 있는 것에 도전을 걸어오는 누군가를 찾자. 그 사람과 서로 영향을 주고받을 수 있을 것이다.

지금 우리가 사는 세상에서는 관심과 시간이 가장 귀중한 상품이다. 그 어떤 보석이나 귀금속보다도 더 귀하다. 당신의 영향력(또는 당신 안에 잠재된 영향력)도 그만큼 귀하게 여기자.

애디,

인생은 만만치가 않지.

근데 그거 알아?

너도 만만치 않은 존재란다, 내 아가!

사랑을 담아, 아빠가

　2/4분기가 되어 긴장이 조금 풀어지면서, 우리는 집에서도 학교에서도 장애물에 부딪히고 있었다. 애디슨의 자존감은 안정을 찾지 못하고 이리 쿵 저리 쿵 온 데서 튀어올랐다. 아이는 학교에서 잘해낼지 자신 없어했고, 그 불안함은 성적에도 반영되었다. 우리는 애디슨이 최선을 다하고 있지 않다는 걸 알았다.

　애디슨에게 '너는 자신감 넘치고 늠름한 사람'이라고 되풀이해서 말해주는 게 중요했다. 너는 코코넛 같은—겉은 단단하고 속은 달콤한—사람이라고. 일단 한번 열어보면, 절대로 뺏기고 싶지 않은 존재라고.

　하지만 동시에 나는 언제나 애디슨이 강하고, 독립적인 여성으로 자라나길 바랐다. 아이가 학교에 있는 동안엔 우리가 곁에 있을 수 없으니까. 매일 아침 아이가 자기 갈 길을 가도록 떠나보내야 한다.

　아이들은 우리가 생각하는 것보다 강하다.

애디,

주근깨 없는 얼굴은 마치 별이 없는 밤하늘과 같지.
난 네 주근깨가 정말 좋아!

사랑을 담아, 아빠가

　내가 여덟 살인가 아홉 살 때 부모님이 여름방학을 맞아 워터파크에 데려가주셨다. 우리가 앨라배마주의 땡볕 공격에 맞서기 위해 선크림을 듬뿍 바르는 동안, 한 나이든 여성분이 내게 다가와 말했다. "1달러짜리를 삼켜서 동전 조각이 얼굴에 잔뜩 흩뿌려진 것 같네!"

　그 말이 무슨 뜻인지 이해하는 데 몇 년이 걸렸다. 아이였을 때 내 얼굴에 주근깨가 잔뜩 나 있어서 그랬던 것이다. 흥! 애디슨의 얼굴은 동전 조각이 흩뿌려졌다고 할 정도는 아니지만, 양쪽 뺨에 사이좋게 주근깨들이 포진해 있다. 애슐리도 주근깨가 있다. 세월이 지나면서 주근깨를 내 일부로 받아들이는 법을 배웠지만, 어릴 때는 그것 때문에 놀림을 받았다. 내 잘못이 아닌데!

　하늘이 구름으로 덮여 있어도, 우리는 여전히 밤하늘에 떠 있는 별들을 상상할 수 있다. 하지만 주근깨가 없는 얼굴이라니, 나로선 상상도 할 수 없다.

애디,

내가 자주 말하진 않지만, 내 평생 가장 잘한 일은
네 아빠가 된 거야.

사랑을 담아, 아빠가

명성도, 상도, 칭찬도 관심 없다. 직장생활 초기에는 상, 진급, 연봉 인상 같은 것을 끊임없이 좇았는데, 그것이 성공과 성취의 본보기라고 생각했기 때문이다. 내가 이룬 성취는 지금까지 줄곧 내 눈앞에 있었는데 말이다—애디슨, 잭슨, 나의 아내, 그리고 아이들을 비범한 사람으로 성장시키기 위한 우리의 노력들.

아름답고 똑똑한 나의 딸, 너는 빠르게 숙녀로 자라나고 있지. 내 작은 아기가 내 품을 떠나가는 것 같은 망상과 싸우고 있어. 우리가 몇 번을 다투고, 충돌하고, 뜻을 달리한대도 내가 널 자랑스러워하는 마음은 그 무엇도 빼앗지 못할 거야.

애디,

친절은 들리지 않는 사람도 듣게 하고,
보지 못하는 사람도 보게 만드는 언어란다.

사랑을 담아, 아빠가

나는 수화를 하지 못한다. 수화를 이해하지도 못한다. 점자도 못 읽는다. 하지만 나는 친절이라는 언어를 읽을 수 있고 말할 수 있다. 사실 나도 내가 설교하는 대로 살지 못하고, 이 세상에서 제일 친절한 사람도 아니다.

하지만 어떤 상황에서든지 친절은 언제나 옳다. 우리 모두 이해하는 단 하나의 언어, 그것이 바로 친절이다.

애디,

유리구두에 발이 맞지 않으면 어쩌나 걱정하지 마.

유리천장*을 박차고 나가는 데 집중하면 좋겠다!

#걸파워*girlpower*

사랑을 담아, 아빠가

✿ 사회에서 여성이 고위직으로 올라가지 못하게 막는, 눈에 보이지 않는 장벽.

넌 여자애니까 이런 건 못 해. 넌 여자애니까 저런 건 못 해. 꿈꾸고 싶어? 반짝이는 왕관을 쓰고 아슬아슬한 유리구두를 신은 공주가 되는 꿈을 꿔봐.

그만. 좀. 해.

공주를 꿈꾸는 건 네다섯 살 정도가 딱 알맞지, 내 딸의 장래희망이 공주가 될 수는 없다. 수십 년 동안 우리 아이들이 강요당해온 성적 고정관념을 내 딸이 믿거나 따르는 것은 원치 않는다. 나는, 적어도 나는 그렇게 할 수 없다. 나는 내 딸이 유리천장을 깨부수고 여성들에게 성공의 문을 활짝 열어주면 좋겠다.

결파워!

애디,

우리의 행동은 주변 사람 모두에게 영향을 끼친단다.
말하거나 행동하기 전에, 반드시 생각해야 한다.

사랑을 담아, 아빠가

아이작 뉴턴은 이런 말을 남겼다. "모든 행동은 똑같거나 정반대되는 행동을 낳는다." 고작 4학년인 내 딸에게 물리 수업을 하려는 건 아니지만, 자신의 모든 행동이 자기 자신뿐 아니라 모두에게 영향을 미친다는 사실을 알기를 바란다.

나의 행동이 오늘 당장 다른 이들에게 영향을 미치지는 않을지 몰라도, 결국엔 언젠가 그렇게 될 것이다. 말하거나 행동하기 전에 반드시 그것에 대해 생각해봐야 하는 이유다. 행동하기 전에 생각이라는 걸 하기엔, 가끔 우리 인생이 너무 빠르다고 느껴질 때가 있다. 행동하고 나서야 생각이 덜컥 밀려들 때도 더러 있다. 진짜로 그런 일이 생긴다.

애디,

너를 믿는 사람에게 절대로 거짓말하지 마라.
그리고 너에게 거짓말하는 사람도 절대 믿지 마라.
거짓말은 아무 가치가 없단다.

사랑을 담아, 아빠가

아이들은 거짓말을 한다. 내가 볼 때 그건 아이들의 필요조건이다. 나도 어릴 때 거짓말을 했다. 곤란한 순간을 어떻게든 모면해보려고 할 때 특히 그랬다. 내 아이들도 거짓말을 한다. 하지만 언제나 들통난다.

하루는 애디슨에게 설명해보려고 이렇게 운을 뗐다. "네 절친이 너한테 거짓말했을 때 기분이 어땠어?"

"안 좋았죠."

"그래, 그러면 네가 나한테 거짓말할 때 내 기분은 어떨 것 같아?"

"안 좋아요?"

"응, 안 좋아."

만약 당신이 좋아하는, 아니면 마음이 쓰이는 누군가가 이제 막 당신이 하려는 거짓말의 피해자가 된다고 생각해보자. 그 거짓말이 가치가 있을까? 겨우 몇 초, 당신을 곤경에서 구해줄 뿐인 그 거짓말이 정말 가치가 있는 걸까?

거짓말은 결국 언제고 되돌아오게 되어 있디, 언제나.

애디,

계속해서 완벽을 목표로 하면 발전할 수가 없어.

완벽은 불가능해.

'굉장하다' 정도로 목표를 잡아봐,

그럼 반드시 발전하게 되어 있어.

사랑을 담아, 아빠가

완벽주의자의 순수혈통을 가진 사람으로서, 어떤 프로젝트는 딱 그 정도까지가 최선인 줄 알면서도 인정하기가 쉽지 않다. 같은 내용을 벌써 다섯 번, 아니 여섯 번 썼다. 완벽은 불가능하다.

애슐리와 나는 완벽한 결혼식을 했다. 교회의 모든 것이 완벽하게 세팅돼 있어서, 또는 뷔페 음식이 훌륭해서만은 아니었다. 집사님이 아내를 제니퍼라고—기억하죠, 내 아내의 이름은 애슐리라는 거—세 번이나 잘못 불렀기 때문에, 결혼식은 겉으로만 보면 완벽하지 않았다.

내 결혼식이 완벽했던 건, 아내가 내 옆에 있었기 때문이다. 우리가 인생을 함께하기 시작한 첫날이었기 때문이다, '굉장한' 날이었다.

'굉장한' 것만으로도 이미 완벽하다. 완벽해지는 건 '굉장히' 불가능하다.

애디,

우리가 사는 세상에서는

언제나 선이 악을 이기는 건 아니지.

하지만 대부분은 선이 승리한단다.

언제나 좋은 일을 하렴!

사랑을 담아, 아빠가

애디슨은 이 편지를 읽고 문법에 맞지 않게 썼다고 지적했다.

"아빠, 문법이 틀렸잖아요. '언제나 잘해라do well'라고 해야죠. '언제나 좋은 일을 해라do good'가 아니고."

나는 그것도 맞지만, 내가 쓴 것도 틀린 게 아니라고 설명해주었다.

"좋은 일을 하라do good는 건 사람들을 선하게 대하라는 거야. 좋은 일을 한다는 건 다른 사람들에게 도움이 되라는 뜻이지. 학교에서는 '잘하고', 사람들에게는 '좋은 일을 하라'는 거지."

아이는 어깨를 으쓱했다.

"나는 그래도 아빠가 틀렸다고 할래요. 아빠는 자주 틀리니까."

1:0 애디슨 승.

애디,

말하기는 듣기에 비하면 거의 중요하지 않단다.

사랑을 담아, 아빠가

'더 많이 듣고, 덜 말하라'라는 메시지를 또 쓰게 된다.

이 책에 내가 쓴 것들은 내가 틀리지 않았다면, 내가 아내와 아이들에게 들은 것에 비해 중요하지 않다.

저녁 밥상에 앉으면 아이들에게 간단한 질문 하나를 한다. "오늘 뭐했어?" 그리고 거기서부터 아이들이 이야기하게 두는 거다. 아이들의 이야기를 듣는다. '음' '어' 같은 말을 포함해 단어 하나하나 빠뜨리지 말고 듣자. 적극적으로 아이들의 말에 귀기울이자. 자기 말에 귀기울이고 있지 않다는 걸 아이들이 알아채는 순간, 더이상 그 어떤 것도 부모와 공유하려 하지 않을 것이다.

애디,

언제나 기억하렴.

네가 알고 있는 것보다 너는 더 용감해.

네가 보여주는 모습보다 너는 더 강해.

네가 생각하는 것보다 너는 더 현명해.

사랑을 담아, 아빠가

내가 가장 좋아하는 A. A. 밀른^{Milne}*의 명언 중 하나이다.

*1882~1956. 영국의 소설가이자 극작가, 동화 작가.

애디,

다른 사람들을 친절히 대하지 않아도 될 만큼

대단한 사람은 없단다.

늘 친절하고, 나눌 줄 알고, 사랑하는 사람이 되렴.

사랑을 담아, 아빠가

이제까지 몇 번이나 사람들에게 "나 지금 너무 바빠"라고 말했나요? 다섯 손가락을 다 폈나요? 여러분은 날 볼 수 없지만, 나는 지금 두 손 다 펴고 있습니다.

우리 모두 육아와 직장 일로, 고지서들과 여가 활동, 운동, 결혼, 그리고 생활 전반에 걸친 여러 일로 몹시 분주하고, 빡빡한 일정을 소화하고 있다. 왜 그렇게 늘 피곤하고, 하루 여덟 잔씩 커피를 마셔야 하는지 알 만하다.

인생의 다른 문제들에 집중하느라 그동안 나는 꽤 많은 친구와 인연들을 떠나보냈다. 나를 지지해주었던 사람들을 위해 시간을 내지 못했다. 지난 몇 년간 친구들도 확 줄어들었는데, 의도적인 경우가 대부분이었지만 더러는 나의 무심함도 원인이 되었다. 게다가 내 인생에 만들어둔 나만을 위한 '가외의 시간' 때문에, 다른 사람들을 위해 시간을 내지 않고 있었다.

다른 사람들을 친절히 대하지 않아도 될 만큼 나는 대단한 사람이 아니었는데도—어쨌든 그렇게 행동하고 있었다.

다른 사람들을 신경쓰지 못할 만큼 대단한 사람이 되지는 말자.

애디,

미소 짓는 것이 화장하는 것보다 낫단다.

사랑을 담아, 아빠가

4학년도 절반이 지났다. 내 머릿속엔 애디슨이 중학교에 가기까지 3년도 남지 않았다는 생각밖에 없다. 내가 미처 깨닫기도 전에 아이는 다 자라 있을 것이고, 나랑은 그 어떤 것도 함께하고 싶어하지 않을 것이다!

아빠들이여, 우리는 딸들의 인생에서 가장 중요한 남성 중 한 명입니다! 언제나 긍정적인 이미지를 심어주세요. 진짜 아름다움이 무엇인지 알려주고, 진짜 남자라면 어떻게 여성을 대해야 하는지 보여주세요.

그리고 화장은 꼭 필요한 것이 아니라는 사실도 꼭 알려주세요.

애디,

어떤 말이든 내뱉기 전에 꼭 먼저 맛보렴.
말에는 혼이 깃들어 있단다.

사랑을 담아, 아빠가

우리집은 힘든 방학을 보냈다. 애슐리와 나는 그동안 애디슨이 학교에서 어떻게 지냈는지, 그리고 지난 몇 달 동안 애디슨의 태도를 변하게 만든 것이 무엇인지 드디어 알아낼 수 있었다. 그리고 개학 하루 전날 밤, 그 일이 벌어졌다. 멋진 아빠와는 거리가 먼 모습을 보여준 날이었다. 고함이 있었다. 울음이 있었다.

한 시간 동안 나는 훌쩍거리는 애디슨을 품에 안고 조용히 소파에 앉아 있었다. 그리고 드디어 아이가 정적을 깨고 말하기 시작했다. 학교에서 있었던 모든 일을 말해준 건 아니지만, 내가 손을 쓸 수 있을 만큼의 정보는 얻을 수 있었다.

자, 이제 애슐리와 나는 우리가 어릴 적 너무 자주 경험해야 했던 영역에 들어서야 했다—바로 따돌림이었다.

온갖 성질을 다 부린 그날 밤, 애디슨은 마음에도 없는 말들을 했다. 마음에도 없는 말이었다는 걸 우리는 안다. 그렇지만 다음날 아침, 나는 이 편지를 쓸 수밖에 없었다.

듣는 사람이 어떤 기분일지 생각해보지도 않은 채 말을 해선 안 된다. 말에는 혼이—어마어마한 언령言靈이—실려 있기 때문이다. 말은 눈에 보이지 않지만, 입에서 뱉어냈을 때 고약한 맛이 나기도 한다.

애디,

마음이 닫혀 있으면 눈으로 봐도 진짜 보는 게 아니란다.
눈과 마음 둘 다 활짝 열려 있어야 해.

사랑을 담아, 아빠가

우리 중 누구도 완전하게 열린 마음을 갖고 있진 않다. 모바일 기기에 정신이 팔린 채 걷는 우리는 눈도 감고 다니는 것이나 다름없다. 눈도 마음도 열고 살아가는 것이 중요하다. 부모인 우리가 그렇게 하지 못한다면, 어떻게 우리 아이들이 그러길 기대할 수 있겠는가?

아이들은 우리의 결정과 믿음을 모방한다. 그들의 인생에서 우리는 가장 영향력 있는 존재다. 부모인 우리가 눈과 마음을 활짝 열어, 아이들도 그럴 수 있도록 도와야 한다.

애디,

네가 어떤 사람이건, 너와 나는 같아.
(그리고 이건 좋은 일이지.)

사랑을 담아, 아빠가

내 딸은 나의 쌍둥이다. (내 아내에 따르면) 얼굴도 반쯤은 아주 닮았고, 비슷한 버릇들을 갖고 있다. 내가 애디슨 또래였을 때, 자라서 내 부모나 조부모처럼 되는 게 아닌가 겁에 질려 있었던 게 기억난다. 나는 누나와 다른 아이들과 끊임없이 비교당하면서 자랐는데, 나도 나중에 그렇게 비교하는 어른이 될까봐 걱정되어 사전에 작전이라도 짜야 할 것 같았다.

하지만 나이가 들면서, 아이가 부모를 닮는 것이 좋은 일이라는 생각을 인정하게 되었다. 나는 내 아이들이 나와 아내의 업그레이드된 버전이기를 바란다. 그리고 이것은 애디슨이 어떤 사람이고 앞으로 어떤 모습으로 자라건 나와 똑같을 테니 괜찮다는 것을 상기하는, 은유적인 메시지였다.

애디,

나는 네가 아는 것보다 훨씬 많이 실패했어.

나의 잘못된 결정으로 친구들을 잃고

사람들과의 관계를 망쳤지.

몇 번을 실패했어도, 다시 시도하는 건 언제나 무섭더라.

무서워해도 괜찮아.

겁내도 괜찮아.

그렇지만 시도하지 않는 건 괜찮지 않아!

사랑을 담아, 아빠가

지금 알고 있는 것을 그때도 알았더라면 두 번은 하지 않을 일들, 바꾸고 싶은 결정들이 있다. 서른 살의 성숙한 나이가 되었을 때 나는 대표가 될 기회가 생겼고, 사람들은 내가 준비되었다고 말했다. 나도 내가 준비되었다고 생각했다. 그렇게 어려울 리 있겠어, 안 그래?

맙소사, 그건 틀린 생각이었다. 대표가 되고 2년 동안은 쉽지 않았다. 하지만 나는 위험한 순간들을 안전히 피해 가고 직원들의 성장을 위한 강구책을 마련하며 순항했다. 그리고 다른 회사를 인계받기 위해 직장을 떠나기로 했는데, 그때만 해도 나는 내가 실패의 불구덩이로 걸어들어가고 있다는 걸 알지 못했다.

이번에는 새로운 곳에 대표로 가는 게 겁나지 않았다. 하지만 그때가, 다른 결정을 내렸더라면 정말 좋았을 바로 그 순간이었다. 리더로서 두번째 임무에 처참히 실패하면서 나는 지쳐갔다. 새로운 뭔가를 시도하는 것도 마음에 내키지 않았다. 하지만 계속해서 나아갔다.

실패가 넷 번이고 우리를 넘어뜨려도, 다시 맞서 싸워야 한다.

애디,

배수관이 되지 말고 분수가 되렴.

사랑을 담아, 아빠가

"내가 왜 배수관이 되고 싶겠어요."
"배수관이 아니라 분수가 되라고."

분수는 끝없이 물을 뿜어낸다. 분수대에는 늘 사람들이 모여 있다. 분수는 에너지로 충만하다. 그 에너지는 사람들에게 옮겨간다. 배수관은 에너지를 빨아들인다. 행복과 긍정적인 에너지를 착취해 간다.
사람들이 어떤 것을 가까이하고 싶어할까?
배수관이 되지 말고 분수가 되자.

애디,

네가 게으름을 부리면, 널 믿는 사람들에게
무례를 범하는 거야.
게으름 부리지 말자.

사랑을 담아, 아빠가

　무엇이 애디슨의 태도를 갑자기 바꿔놓은 건지 우리는 그 정확한 이유를 여전히 찾고 있었다. 내 아이들을 게으르다고 하면 안 되겠지만, 오늘 아침엔 그랬다. 게으름을 부리는 건 다른 사람들에게 무례를 범하는 것이다.

　'쉬는 날'을 갖거나 피곤해서 천천히 가는 건 괜찮지만, 절대 게으름은 부리지 말자.

애디,

네가 대접받고 싶은 대로 남을 대접하렴.
존중은 얻는 것이지, 저절로 주어지는 게 아니란다.

사랑을 담아, 아빠가

세상에는 사람을 마치 ATM 기계 대하듯 하는 이들이 있다—받아가고, 받아가고 또 받아간다. 그들은 그것만 한다. 도대체 주는 법을 모른다. 다른 사람들의 계좌에 그 무엇도 넣지 않는다.

일방적인 관계에서는 존중을 기대할 수 없다. ATM 인출기처럼 사람을 이용만 할 순 없으니까. 사람과 상호작용하는 모든 과정은 투자이다—시간과 감정의 투자.

가끔 우리는 나쁜 투자를 하기도 한다. 가끔은 불어나지 않는 투자도 있다. 우리 계좌에서 초과 인출하는 경우도 있다. 돈을 벌기 위해서는 돈을 써야 한다. 대출이자 수수료를 물고 싶지 않다면, 돈을 더 집어넣어야 한다.

돈이 곧 존중의 증거가 될 수는 없지만, 내가 번 돈을 쓰듯 타인에게 존중을 송금해야 한다.

애디,

네가 괜찮지 않은 것, 또는 잘못된 것을
받아들일 필요는 없어.
남에게 좌지우지되지 말아라.

사랑을 담아, 아빠가

결국 자기를 돌볼 수 있는 건 자기 자신이다. 모든 것을 곧이곧대로 받아들일 필요는 없다. 어떤 것을 괜찮지 않다고 느껴도 괜찮다.

만약 홀대당하고 있거나, 뭔가 잘못된 것 같은 느낌이 들 때는 스스로 일어서라. 결국 나를 위해 목소리를 내줄 수 있는 사람은 나 자신뿐이다.

애디,

너 자신으로 살아라.

진품이 복사본보다 가치 있는 법.

좋은 하루 보내렴!

사랑을 담아, 아빠가

진짜는 언제든 이기게 되어 있다. 다른 사람들을 모방할 수는 있지만, 그건 다른 이들이 진짜를 볼 수 있는 기회를 빼앗는 일이다.

누구나 복사본이 될 수 있다. 누구든 진짜의 유사품이 될 수는 있다.

그러나 자기 자신이 되자. 진짜가 되자. 다른 어떤 사람처럼도 되지 말자.

나 자신이 되자.

애디,

많은 여성이 한때 너처럼 꿈꾸는 소녀였지.

그리고 그들은 자라서 변화를 만들었단다.

멋진 꿈 꾸렴.

사랑을 담아, 아빠가

이즈음 나는 창의성이 고갈되어가고 있었다. 엄청난 아이디어가 떠오른 것 같은 상태로 잠들었다가도 깨어나면 머릿속이 텅 비었다. 아침에 일어나 배고픈 아이들이 나를 쳐다보듯 노트북 화면을 멍하니 쳐다볼 뿐이었다.

뭔가를 써보려고 자신을 압박하고 있었을 뿐 아니라, 왜―애디슨을 위해서―매일 아침 이걸 해야 하는지도 더이상 스스로 납득할 만한 이유를 찾지 못하게 되었다.

학년말을 앞두고 넉 달 정도 이런 상태가 왔다가 다시 나아가곤 했다. 앞으로 이어지는 글들에서 여러분은 작가의 절필감과 절망감을 느껴볼 수 있을 것이다.

그러나 나는 매일 아침 계속 써내려갔다.

애디,

언제나 질문을 하렴.

처음에 보지 못했던 것에서 언제나 가장 큰 것을 배우는 법이란다.

사랑을 담아, 아빠가

아이들은 나를 걸어다니는 백과사전이라고 부른다. 애디슨이 지금보다 더 어렸을 때 직장 동료들이 나를 '얀들 백과사전'이라고 부르는 것을 들었기 때문이다. 그 별명은 내가 모든 것에 대한 답을 알고 있는 것처럼 보여서 붙여졌다. 실제로 나는 늘 새로운 것을 배우고자 하는 욕망이 있었고, 어마어마한 양의 지식을 갖고 있었다.

여기 약간의 아이러니가 있다: 나는 질문하는 걸 좋아하지 않는다. 혹시나 쓸데없는 질문들로 사람들에게 폐를 끼칠까 봐 두렵기 때문이다. 내가 질문하기 싫어하는 것과는 별개로, 애슐리와 나는 우리 아이들에게 언제나 질문하라고 한다.

모든 질문에 당장 답을 얻기는 어렵다. 하지만 진짜 답은 처음에는 눈에 잘 안 띄더라도, 질문을 거듭하면서 찾아질 수도 있다. 언제나 질문을 하자.

— ❀ **DAY 96** ❀ —

애디,

가끔은 뭔가를 말하는 가장 좋은 방법은
아무 말도 하지 않는 거란다.

사랑을 담아, 아빠가

누구나 한 번쯤 이런 이야길 들어봤을 것이다. "좋은 말을 할 게 아니라면, 그냥 아무 말도 하지 마라." 우리 모두 따르면 좋을 간단명료한 격언이다. 우리가 생각하는 모든 것을 말할 필요는 없다. 우리가 생각하는—또는 말하고 싶은—모든 것을 소셜미디어에 올릴 필요도 없다.

침묵은 많은 것을 대변한다. 침묵은 좋을 수도 나쁠 수도 있지만, 가끔은 침묵이 말보다 더 많은 것을 말해준다.

애디,

친구는 바다의 파도처럼 왔다가 가기를 반복할 거야.
하지만 진정한 친구는 머무르지—
네 콧속의 코딱지처럼!

사랑을 담아, 아빠가

이 편지를 받고 애디슨이 새 학년 들어 가장 크게 웃었다. 네네, 사실은 그냥 좀 키득거린 것에 가까웠지만요.

나는 대학에 들어가 몇 년간 가장 좋은 친구들을 사귀었다고 생각했다. 영원히 함께할 친구들이라고도 생각했다. 그들은 바다의 파도처럼 높이 치솟으며 왔지만, 지금은 사라지고 없다. 그들은 때때로 오갈 것이고, 나도 다시 연락하며 지내게 되겠지만, 결국 또다시 사라질 것이다.

나의 진정한 친구들—내 결혼식에 왔고, 잊지 않고 한 번씩 연락을 주고받는 사람들—은 나에게 지금도 딱 붙어 있다. 내가 떼어버릴 수 없는, 내 콧속의 코딱지처럼.

애디,

늘 준비하고 있으렴.
너의 가장 중요한 순간이 코앞에 와 있어.

사랑을 담아, 아빠가

나는 삶을 언제나 스포츠에 비유해왔다. 우리가 전혀 기대하고 있지 않을 때, 기회가 찾아올 수 있다. 언제, 무엇이 찾아올지 알 수 없으므로, 늘 준비하고 있어야 한다.

가능하지 않을 수도 있겠지만, 가장 기대하기 어려운 것을 기대해보려고 노력하자.

애디,

우리가 몇 번을 싸우고, 네가 몇 번을 나한테
맘 상해도, 너는 언제나 내게 1등이야, 언제나.

사랑을 담아, 아빠가

지난 몇 주간 애디슨과 나의 아침 등굣길은 그렇게 즐겁지 못했다. 계속되는 말다툼과 말대답과 불량한 태도들. 처음으로 딸을 상대하기 어렵다는 생각이 들기 시작했다. 애디슨의 너무나도 달라진 태도에 난 어찌할 바를 모르고 있었다.

내 아이들에게 절대로 화내고, 속상해하고, 실망하고 싶지 않았다, 영원히. 하지만 이제 나의 실망지수는 계속 오르고 있다. 그 분노와 실망으로 어찌할 바를 모르겠는 와중에도 나는 아이에게 내 진심을 계속 상기시키는 것이 중요하다고 생각했다. 나는 언제나 그녀의 가장 열렬한 팬이자 1등 조력자가 될 거라고. 그 무엇도 이 사실을 바꿀 수는 없을 거라고.

애디,

어떤 사람들은 나무와 같아서,

그들은 움직이지도 않아.

나무가 되지 마라!

사랑을 담아, 아빠가

나무처럼 모든 것을 내어주자. 그리고 미련 없이 떠나라!

어려서 내가 가장 좋아했던 책이자 내 아이들에게 읽어준 책들 가운데 가장 좋았던 것 중 하나는 『아낌없이 주는 나무』이다. 소년과 나무는 가장 친한 친구였고, 나무는 그루터기가 될 때까지 아이에게 주고 또 주었다. 노인이 된 소년은 그 그루터기에 앉아 쉬었다.

나무는 자랐지만, 소년의 곁을 영원히 떠나지 않았다.

현실의 삶에서는, 나무는 움직이지 않는다—바람에 흔들릴지는 몰라도. 나무가 한자리에서 지켜보는 동안 사람들은 자유롭게 오고간다.

움직이는 사람이 되겠는가, 아니면 한곳에 서 있는 나무가 되겠는가?

애디,

모든 사람이 널 좋아하진 않을 거야.

그래도 괜찮아.

모두가 날 좋아할 수는 없단다.

그건 그 사람들 손해지, 우린 아쉬울 게 없단다.

사랑을 담아, 아빠가

내가 풀기 어려워하는 딱 한 가지 문제가 있다면, 그건 나를 싫어하는 사람들이 존재한다는 것이다. 내 딸에게 "그 사람들 손해지, 우린 아쉬울 게 없어"라고 말하기는 쉽지만, 사실 나조차 그렇게 믿기는 쉽지 않다.

따돌림을 거의 부추기는 직장 내 분위기에 내 정신은 피폐해져갔다. 나는 내가 강하다고 생각했고, 견딜 수 있다고 생각했다. 그런데 그러지 못했다. 그 특정 상황이 심리상담가를 찾아가게 했다. 그때만 해도 전혀 알지 못했다. 그분이 하나, 둘, 셋…… 여섯 명 중 나의 첫번째 상담가가 될 줄은.

다섯번째 상담가를 찾아가고 나서야 나는 깨달았다. 그것이 나의 문제가 아니라, 그들의 문제라는 것을. 그때까지 줄곧 나는 이 일로 망가진 게 나 자신이라고 생각했다. 나는 여전히 상처받은 채였지만, 사람들이 날 싫어한다는 것이 내 문제가 될 수는 없다는 것을 알게 되었다. 그들의 문제가 내게 투사된 것뿐이다.

내 아이들이 바로 이것을 이해했으면 좋겠디 누군기가 나를 싫어한다면 그건 그들의 문제이지, 내 문제는 아니라는 것.

애디,

누군가를 싫어하는 건 괜찮아.

하지만 그 어떤 이유로도 무례하게 굴거나

비하하거나 굴욕감을 주는 건 안 돼.

따돌림에 '싫어'라고 말하자.

사랑을 담아, 아빠가

나는 방학 내내 애디슨에게 "그들의 문제지, 네 문제가 아니야"라고 이야기했다. 이제 방학을 마무리하며 "누군가를 싫어해도 괜찮아"라고 말하려 한다.

다만 따돌림은 안 된다. 굴욕감을 줘서도 안 된다. 다른 사람이 굴욕감을 주었다 해도, 똑같이 갚아줘서는 안 된다. 이것을 지키기란 엄청나게 어렵겠지만, 최소한 노력은 해야 한다.

오늘날의 사회에서는, 기술의 접근성 덕분에 사람이 사람에게 무례하게 굴고 비하하고 굴욕감을 주는 일이 너무나 쉬워졌다. 컴퓨터 화면 뒤에 숨어서, 익명의 소셜미디어 계정으로 악성 댓글을 달아서 대체 얻을 수 있는 게 무엇인가?

아무것도 없다. 아무런 가치가 없다.

결과는 절대로—그리고 영원히—과정을 정당화하지 못한다.

애디,

동화는 진짜야.

용이 실제로 존재하는 동물이어서가 아니라,

용을 우리가 무찌를 수 있는 존재로 그리기 때문이지.

동화에서처럼 문제를 해결하렴—용을 무찔러!

사랑을 담아, 아빠가

　동화는 왜 언제나 착한 주인공이 악당을 물리치는 것으로 끝날까? 용이 나오는 동화도 터무니없을 정도로 많다. 내 아들에겐 비밀이지만, 용은 실제로 존재하는 동물이 아니다.

　내 딸이 네 살이었을 때 아이는 자기 방에서 변장 놀이를 하곤 했는데, 동화에 나오는 이런저런 공주들로 자신을 꾸미곤 했다. 아이의 놀이를 엿보는 게 좋아서 옆에서 간식을 만들거나, 우리의 프렌치불독을 위한 자잘한 일들을 부러 찾아 만들어가며 아이의 곁에 머물곤 했다.

　모든 동화에는 숨은 의도가 있다. 이야기 자체는 허구이지만, 분명 현실 속에서 살아 숨쉰다. 생각해보면 동화는 진짜이지만 용은 진짜가 아니다. 미안하다, 잭. 하지만 현실세계에는 적과 장애물이라는 용이 있다. 그들은 우리 안에 두려움을 불어넣고, 우리를 회유한다.

　그들은 동화가 진짜라는 것을 증명해준다. 용이 실제로 존재하는 동물이어서가 아니라, 이 용들—우리의 적과 장애물들—을 우리가 무찌를 수 있다는 사실로서 말이다.

애디,

네가 날 증오하고, 싫어하고, 소리를 질러대도
난 늘 네 곁에 있을 거야.
언제나.

사랑을 담아, 아빠가

"아빠를 사랑해요. 하지만 지금은 아빠가 싫어요."

아이들이 늘 나를 좋아하진 않을 것이다. 애디슨이 그 무엇도 나와 함께하고 싶어하지 않을 그날이 나는 너무 두렵다. 이건 비밀이지만, 이렇게 아침마다 아이에게 편지를 쓰는 근본적인 이유도 바로 그래서인 것 같다. 내가 '꼰대' 아빠가 될 그날이 오기 전에, 아빠와 딸만의 멋진 추억을 만들고 싶은 것이다. 그런 날이 진짜로 오진 않겠죠, 그쵸?

어른이 되어서도 나는 부모님과 몇 달을 말하지 않고 지내기도 했다―심지어 아이들도 보여주지 않았다. 자랑스럽게 돌아볼 수는 없는 시간이었다. 하지만 훗날 내가 직장을 잃고 바닥을 쳤을 때, 나의 부모님은 여전히 나와 내 가족을 지지해주었다.

내가 부모라서 할 수 있는 말이지만, 아무리 부모로서 서툴다고 느낄지라도, 우리는 언제나 아이들 곁에 있을 것이다. 애슐리와 나도 아이들 곁에 있을 것이다.

지금은 내가 널 잠시 맘에 안 들어할지 몰라도, 나는 늘 네 곁에 있을 거고, 언제나 널 사랑할 거야.

애디,

네 목소리로 세상을 바꿀 수 있어.

목소리를 내렴.

우리는 네 목소리가 필요해.

사랑을 담아, 아빠가

소셜미디어는 힘이 센 도구이지만, 그렇다고 우리가 그것
에 끌려다닐 필요는 없다. 소셜미디어와 기술이 우리 삶을 끊
임없이 침해하고 있지만, 우리에게 세상을 바꿀 힘을 준 것도
사실이다.

매일 우리의 목소리가 세상을 바꾸고 있다—더 좋게 또는
나쁘게. 나는 내 아이들의 목소리가 세상에 긍정적인 변화를
가져오길 바란다. 우리가 할 수 있는 가장 나쁜 일은 우리의
목소리를 사용하지 않고 세상이 제멋대로 흘러가는 것을 바
라만 보는 일이다.

우리의 목소리는 아무 울림도 만들어내지 못할 수 있다. 동
시에 우리의 목소리는 크게 울려퍼질 수도 있다.

우리의 목소리는 선하게 사용될 수 있다. 또한 우리의 목소
리는 악하게 사용될 수도 있다.

우리의 목소리를 어떻게 사용할지는 우리의 선택에 달려
있다.

당신의 목소리로 세상을 바꿀 수 있다. 목소리를 내자.

애디,

컵케이크에는 토핑이 있지.

머핀에는 주름만 있어.

머핀의 세상에서 컵케이크가 되렴!

사랑을 담아, 아빠가

반짝이고 알록달록하고 맛있는 컵케이크를 좋아하지 않을 사람이 누가 있겠는가? 컵케이크는 특별하다. 하나하나 특별하다. 사람들은 컵케이크를 보고 맘속까지 환해지는 것을 느낀다. 머핀을 보고도 그럴까? 아닐 것 같다.

머핀은 지루하다. 하지만 컵케이크는 다르다.

머핀의 세상에서 컵케이크가 되자—설탕 코팅 없는 걸로요, 당연히.

애디,

인성은 명성이 아니라 친절로 만들어지는 거란다.

사랑을 담아, 아빠가

여러분은 유명세를 누리는 사람이 되고 싶은가, 아니면 모두가 알고 싶어하는 사람이 되고 싶은가? 유명하다고 인성 좋은 사람이 되는 건 아니다. 반대로 인성 좋은 사람이 유명해져서 널리 알려질 거라는 보장도 없다.

인성은 남들을 친절하게 배려할 때 더 나아지는 것이지, 인기몰이로 명성을 얻었다고 해서 좋아질 수 없다. 난 명성 따위에 관심 없다. 내 아이들이 좋은 성품을 갖기만 바랄 뿐이다.

좋은 인성을 가졌다는 건 성능 좋은 윤리적 나침반을 지녔다는 것을 의미한다. 내 아이들이 그런 나침반을 따라가길 원한다—돈이나 명성으로 이끄는 나침반이 아니라. 돈과 명성은 한순간일 뿐이다. 좋은 인성은—당신이 잘 지키기만 한다면—영원히 당신의 삶에 뿌리내린다.

애디,

남들과 다르다는 건 나쁜 게 아니야.
너 자신으로 충만하다는 뜻이지.

사랑을 담아, 아빠가

다르다는 건 멋진 일이다. 다르다는 건 무리를 따르지 않아도, 자신으로 충만한 상태라는 뜻이다. 그러나 좀더 젊었을 때 나는 나 자신으로 살 용기가 없었다.

다름을 자랑스러워하기가 두려웠다. 그 대신 어둠 속에 머물렀다. 나 자신으로 살아갈 용기를 내지 못했다. '쿨'하게 구는 게 '쿨'한 일인 줄 알았다. 그저 상처받고 싶지 않은 마음인 줄도 모르고.

사춘기에 접어들기 직전에도 나는 어딘가 어색하고 불편한 아이였는데, 사춘기를 겪던 10대 때에도 똑같았다. 그 나이엔 누구나 어색하고 불편하기 쉬우니까.

'쿨'하다고 해서 남들과 달라지는 게 아니다.

남들과 다름을 받아들이는 것이 '쿨'한 것이다. 다름을 인정하는 것은 곧 자신을 자랑스러워하는 것과도 같다.

애디,

성공은 잠시 머물다 떠난단다.

잠시 빌린 거야.

그리고 매일 임대료를 내야 하지.

사랑을 담아, 아빠가

어쩌다보니, 애디슨은 미국 미식축구 선수, 와트J. J. Watt의 이 격언을 보고는 아빠가 아홉 살밖에 안 된 자신에게 진짜 임대료를 내라는 말인 줄 알았던 것 같다. 아이는 25센트짜리 동전 두 개와 5센트짜리 동전 한 개, 쓰던 연필 한 자루와 리넨 천을 들고 왔다. 그런 뜻이 아니었는데……

성공은 잠시 머물다 떠난다. 하루 머물다 밤이 지나면 펑! 하고 사라진다. 고지서를 받으면 돈을 내야 하는 것처럼, 성공도 그 값을 치러야 한다. 고지서는 한 달에 한 번 날아오지만, 성공에 지불해야 하는 대여비는 매일 내야 한다.

성공에 이르기 위한 등반은 비교적 쉬운 과정에 속한다. 가장 어려운 부분은 정상에 머무르는 것이다. 일단 정상에 도달하면 그전까지 낸 임대료의 두 배를 매일 내야 한다고 보면 된다.

아홉 살의 성공은 무엇일까? 내 생각에 매일 좋은 습관을 들이는 것, 그것이 성공일 것 같다. 어제가 쌓여 오늘이 된다. 오늘이 쌓여 내일이 된다. 내일이 쌓여 모레가 된다. 기억하자, 성공은 잠시 머물다 떠난다.

우리 앞으로 청구된 요금을 매일 지불하자. (그리고 제시간에 지불하자.)

애디,

다른 누군가가 너의 가치를

제대로 알아보지 못한다고 해서

네 가치가 떨어지는 건 아니란다.

너에게는 헤아릴 수 없는 가치가 있어.

사랑을 담아, 아빠가

우리는 아이들의 성적에, 시험점수에 또는 주말 야구경기에서 얼마나 선전했는가에 너무 많은 무게를 둔다. 그 무엇에도, 그 누구에게도 내 가치를 판단하게 내버려두지 말자. 당신의 가치는 점수를 매길 수조차 없으니까.

지난가을, 애디슨은 태어나 처음으로 배구를 했다. 우리는 아이가 좀더 활동적이면 좋겠다는 바람으로 학원에 등록했다. 생활스포츠연합 역사상 최고의 아웃사이더 히터*로 만들고 싶어서가 아니었다.

시작한 지 얼마 되지도 않았는데 딸을 배구 장학생으로 대학에 보내고 싶다는 부모들의 이야기를 엿듣게 되었다. 아이들의 운동 실력을 대학 교육과 연결 지어 생각하는 그들을 보며 나는 마음이 상했다. 그건 공정하지 못하다.

누군가에게 그런 종류의 가치를 덧입히려고 들면, 그들이 우리가 기대하는 수준에 도달하지 못했을 때 실망할 수밖에 없다. 우리 아이들은 분명 가치 있는 존재들인데, 아이들에게 가격표를 붙일 수는 없지 않나.

---

* 배구에서 공격수이지만 리시브 등 모든 포지션을 다 소화하는 선수.

애디,

너 자신이 되고, 네가 느끼는 대로 말하렴.

왜냐하면 그런 널 못마땅해하는 사람들은

신경쓸 가치가 없고,

신경쓸 가치가 있는 사람이라면

널 못마땅해할 리 없기 때문이지.

사랑을 담아, 아빠가

오늘은 닥터 수스^{Dr. Seuss, Theodor Seuss Geisel}✽의 생일(3월 2일)이다. 우리가 닥터 수스를 사랑하지 않을 수 있을까?

✽ 1904~1991. 미국의 동화책 작가이자 국민 만화가.

애디,

좋은 아침이야!
말도 안 되게 멋진 하루 보내렴!

사랑을 담아, 아빠가

재미도 없고 감동도 없고, 게다가 이 말은 틀렸다.

그렇지만 또 이렇게 재미없는 말이면 어떤가.

다른 사람이 우리의 기분을 결정할 수는 없다. 말도 안 되게 멋진 하루를 보낼지 말지는 우리 스스로 결정해야 한다.

애디,

몇 번 쓰러졌느냐로 우리가 평가되지는 않아.
몇 번을 다시 일어났느냐가 중요한 거야.

사랑을 담아, 아빠가

　우리는 모두 좋은 이야기를 사랑한다. 좋은 이야기보다 더 나은 게 있다면? 재기에 관한 이야기다. 우리는 모두 재기에 관한 서사를 쓰고 있다.

　우리는 언제나 다른 사람들에 의해 넘어뜨려진다. 가끔은 다시 일어나는 것이 고통스럽기도 하지만, 그래도 툭툭 털고 일어나서 다시 노력해야 한다. 여덟 번 쓰러지면 아홉 번 일어나야 한다.

　어떤 줄거리를 가진 사람이 되고 싶은가—넘어져 다시는 회복하지 못했다는 이야기, 아니면 넘어졌지만 다시 일어났다는 이야기?

　다시, 일어납시다.

애디,

너의 친절을 가장 필요로 하는 사람은 너에게 가장
못되게 구는 사람이란다.

사랑을 담아, 아빠가

우리에게 못되게 구는 사람들이야말로 우리를 필요로 하는 이들이다. 다른 쪽 뺨을 내주자. 그들이 우리에게 어떤 고통을 안겨주었는지 내비치지 말자. 이미 그들은 인생에 친절이 바닥나서 타인에게 인색하게 구는 것이다.

그들의 공허함을 증오가 아닌 친절로 채워주자. 그 어떤 것도 되돌려받을 생각 말고, 그저 그 공허함을 친절로 채워주자. 나에게 잘못하는 사람들이 실은 그들의 인생에 뭔가 속상한 일이 많아서 그런 것임을 깨닫기까지 나도 꽤 오래 걸렸다. 자기들 인생이 공허한 것을 내 잘못으로 떠넘긴 것이다.

그들의 화풀이를 친절로 받아주자.

애디,

대부분의 사람들이 너의 수고나 선행을
알아주지 않을 거야.
다른 사람들에게 인정받으려고 애쓰지 마.
스스로 인정할 수 있으면 되는 거야.

사랑을 담아, 아빠가

지나고 보니, 자존감에 관한 이슈는 언제나 내가 제일 많은 에너지를 쏟은 곳—나의 경우 직장—에서 대두되었다. 내가 얼마나 성과를 냈는지, 얼마나 많은 사람이 내 등을 두드려주었는지로 나의 자존감과 자부심을 측정하려고 했던 것 같다. 사장님과 동료들의 인정을 받기 위해 애썼다. 하지만 나의 첫 승진은 내가 수고해서 이룬 업무성과와 결과물의 수준에 바탕을 둔 것이었다.

결국 나는 타인에게 내 자존감을 의지한 대가를 치러야 했다. 내가 그렇게 바라던 대로 승진했고, 곧 4인으로 불어날 내 가족을 먹여 살릴 수 있을 만큼 월급도 올랐다. 하지만 나의 자존감은 드라마틱하게 급락했다. 동료들의 괴롭힘과 따돌림을 견디는 동안 우울증이 심해져 외모나 건강 같은 건 신경 쓰지 않는 지경이 되었다.

다른 사람들에게 인정받으려다가, 결국 기진맥진한 것이다. 그 모든 것이 무가치한 것이었음을 나는 7년이 지나고 나의 두번째 직장생활이 끝나갈 무렵에야 깨닫게 되었다. 가치 있는 건 오직 자기 자신의 인정이다. 나는 스스로 자랑스럽게 여기지 않는 어떤 것에도 내 이름을 올리지 않는다.

다른 사람들을 좇는 일은 그만두자. 내 손에 주어진 과제에 집중하고, 자신을 행복하게 만드는 일에 집중하자.

애디,

삶이 너에게 끝없는 '월요일'만 줄 때,

너의 하루를 반짝이가루가 가득 담긴 통에 담가서

어떻게든 너만의 빛을 되찾으렴.

사랑을 담아, 아빠가

인정하자—우리 모두 '월요병'을 앓아본 적이 있다. "삶이 레몬을 주면, 보드카에 담가 레몬 칵테일을 만들라"는 비유를 쓰고 싶었지만, 아홉 살 난 내 딸에겐 적절치 못한 것 같아 그만두었다. 월요일은 우리 인생을 불행하게 만들지 않는다. 월요일 아침에 일어나 불행하기로 작정하는 건 우리 자신이다.

오늘도 짜증나는 월요일일 거라고 괴로워하며 일어나는 대신, 월요일 아침 반짝이 폭죽을 터뜨리며 신나게 즐겨보라. 반짝이가루는 모든 것을 더 신나게 만든다, 치워야 할 때만 빼고.

애디,

예쁘고 쓸모없기보다는 강한 게 낫단다.

사랑을 담아, 아빠가

여성은 파티에 두르고 가기 좋은 액세서리가 아니다. 우리가 얼빠진 채 감상하라고 존재하는 게 아니란 뜻이다. 다른 사람의 기쁨을 위해 인형처럼 앉아 있기엔 내 딸은 너무 영리하고, 재치 넘치고, 재능도 많다. 나는 내 딸이 강하고 자기 생각을 노골적으로 말할 수 있는 여성으로 자라나길 바란다. 예쁜 외모를 타고났지만 아무 도움도 안 되는 사람보다는, 내겐 그 편이 더 아름답게 느껴진다.

여러분의 딸들이 강하고 자신을 당당하게 내세울 줄 아는 사람이 되도록 가르치자. 예쁘고 무용하길 원한다면 식물을 사면 된다.

애디,

뭔가를 얻기 위해 수고할 생각이 없다면,
그걸 얻지 못했다고 불평하지 마라.

사랑을 담아, 아빠가

　우리는 참가에 의의를 두는 시대에 살고 있다. 그 누구도, 그 무엇을 위해서도 수고하고 싶어하지 않는다. 일단 시작만 하면 된다며, 또는 우리는 뭐든 가질 자격이 있다는 생각으로 모든 것을 마치 마법처럼 손안에 넣을 수 있을 거라 기대한다. 하지만 세상은 그렇게 굴러가지 않는다.

　수고하라. 애쓰고서도 뭔가를 얻지 못했다면, 그때는 그것을 얻지 못했다고 불평해도 된다. 그러나 피와 땀과 눈물을 흘릴 마음이 없다면, 원하는 그것을 얻지 못했다고 불평할 권리도 상실하는 것이다.

　무언가를 간절히 원한다면, 어떤 것도 감내할 수 있어야 한다. 사람들은 당신이 무엇을 하는지 또는 하지 않았는지를 기억할 뿐, 얻지 못했다는 불평은 들어주지 않는다.

애디,

너의 발을 봐.

하늘의 별들을 봐.

네가 꿈꾸고 그것을 행동으로 옮기면,

무엇이든 가능하단다.

사랑을 담아, 아빠가

애디슨은 등굣길 차 안에서 이 편지를 읽었다. 차 안에 있었기 때문에, 고개를 들어도 볼 수 있는 건 차 천장뿐이었다.

"아빠, 이건 말이 안 돼요."

"네가 바깥으로 나가 위를 올려다보면 가능할 거야."

아이는 과장되게 눈알을 굴려 보였다.

내가 오늘 아침에 전하려던 메시지는 이것이다: 하늘은 한계를 상징한다. 그리고 우리는 마음만 먹으면 무엇이든 할 수 있다. 우리의 두 발이 움직이는 한, 우리는 별들에 가닿을 수 있고 마침내 우리의 꿈도 성취할 수 있다.

내 아이들이 계속해서 움직이길 바란다. 한자리에 가만 서 있기만 한다면 무엇도 성취할 수 없다.

애디,

아름다움이란 예쁜 얼굴을 갖는 걸 의미하는 게
아니란다.
예쁜 생각, 예쁜 마음, 예쁜 영혼을 갖는 걸 말하지.

사랑을 담아, 아빠가

난 브래드 피트가 아니다. 방안에 들어섰을 때 여자들이 눈을 떼지 못하는 외모는 갖지 못했어도, 예쁜 생각과 예쁜 마음, 그리고 예쁜 영혼을 가진 좋은 사람이 되려고 무진 노력한다. 우리 사회는 아름다움에 너무 많은 관심을 두고 있다. 나는 내 딸이 아름답다고 생각하지만, 그렇지 않다고 생각할 사람도 있을 것이고, 오로지 겉모습만으로 평가하려는 사람들도 있을 것이다.

화려한 잡지들이 무엇을 보여주든, 나는 내 딸이 내면의 아름다움을 갖추었을 때 진짜 아름다워지는 것임을 잊지 않고 자라길 바란다.

외모에서 풍기는 매력은 당신에게 이런저런 문들을 열어주겠지만, 내면에 담긴 매력(생각, 마음, 영혼)은 사람들로 하여금 당신을 알고 싶게 만들 것이다.

애디,

결코 포기할 수 없다는 열렬한 믿음을 가져라.

사람들은 널 넘어뜨리려고 할 거야.

그러거나 말거나 일어나서 세상을 바꾸렴.

사랑을 담아, 아빠가

　우리는 모두 다른 믿음을 갖고 있다. 우리 중 몇몇은 다른 이들보다 더 강한 믿음을 가졌다. 하지만 또다른 몇몇은 다른 사람들이 의문을 제기하거나 동의하지 않으면 자신의 믿음을 저버리기도 한다. 어떻게 그렇게 쉽게 믿음을 내팽개치는 걸까?

　나는 내 신념들을 다른 사람들도 믿어주기를 원하거나 기대하지 않는다. 이렇게 말하면 이상하게 들릴지 몰라도, 나는 사람들이 나와 다른 의견을 가졌길 바란다. 다른 사람들이 가진 다른 생각들을 배울 수 있다는 점에서 나는 이견이 반갑다. 그렇다 해도 다른 사람들의 이견 때문에 내가 확고하게 믿는 것들이 무너지는 일은 별로 없다. 이런 내 성격이 좋은 건지 아닌지는 잘 모르겠지만.

　당신이 무엇을 믿든, 어떤 생각을 하든, 다른 사람들이 그것을 무너뜨리게 두어선 안 된다. 진실로 무언가를 믿는다면, 그 믿음을 스스로 지킬 수 있어야 한다. 다른 이들의 비판은 옆으로 밀어두고, 그러거나 말거나 나의 믿음대로 세상을 바꾸자.

애디,

너는 지금도 충분히 훌륭해.
이걸 꼭 기억하렴.

사랑을 담아, 아빠가

가끔은 우리 모두 확신이 필요하다. 오늘 아침 애디슨도 그런 확신이 필요해 보였다.

가끔 우리는 모두 다 괜찮다고, 전부 다 괜찮을 거라는 말이 듣고 싶을 때가 있다.

지금 이대로도 충분하다.

애디,

인생의 등반길을 오를 때 마주치는 사람들을

다정히 대하렴.

내려갈 때 다시 만날지도 모르니까.

사랑을 담아, 아빠가

인생을 사다리라고 생각해보자. 한 계단 한 계단이 당신의 인생 또는 이력의 특정 시기이다. 한 계단 오를 때마다 우리는 누군가와 마주칠 수밖에 없게 되어 있는데, 그럴 때 당신은 다정하게 손 흔들며 "안녕"이라고 인사하는가, 아니면 위로 얼른 올라가려고 그들을 쏘아보며 밑으로 밀어버리는가?

당장은 그 사람들을 다시는 안 볼 것 같고, 다시는 함께 일하지도 않을 것 같지만, 세상은 넓은 만큼 좁기도 하다. 내 이득을 위해 사람들을 이용해도 괜찮은가? 당장은 기분좋을지 몰라도 결국엔 그 일로 스스로 상처 입게 될 것이다.

돈은 이용하고 사람들은 사랑하라. 돈을 사랑하고 사람들을 이용하지 말고.

애디,

인생에서 우리가 통제할 수 있는 건 딱 두 가지다.

매일의 삶을 대하는 우리의 태도,

그리고 상황에 반응하는 방식.

이것들은 우리에게 달려 있어.

사랑을 담아, 아빠가

모든 것이 우리에게 달려 있다.

그 누구도 우리의 태도, 또는 상황에 반응하는 우리의 방식을 통제할 수는 없다. 다른 사람들이 우리를 속상하게 하거나 위태로운 상황에 빠뜨릴 수는 있지만, 그 결과는 우리가 어떻게 대처하느냐에 달려 있다.

사람들이 우리를 어떻게 대하든, 그건 그들 자신의 문제를 우리에게 투사하는 것일 뿐 우리의 문제가 아니다. 하지만 매일 우리가 어떻게 행동할지, 어떤 태도를 취할지에 대한 선택은 우리에게 달려 있다.

당신에게 달려 있다. 나에게 달려 있다. 우리에게 달려 있다.

애디,

우리는 선택을 한다.
그리고 그 선택들이 우리를 만든다.

사랑을 담아, 아빠가

만약 이리 가면 그리 되고, 그리 가면 이리 된다.

의식적으로든 무의식적으로든, 우리는 선택을 한다. 그리고 각각의 선택이 합쳐져 또다른 선택이 되고, 이어서 연속적으로 다른 그리고 또다른 선택을 부른다. 우리의 선택은 마치 집을 짓는 벽돌과 같다. 벽돌 하나하나에 가치가 있다.

매일 우리가 하는 선택들이 벽돌처럼 차곡차곡 쌓이고, 마침내 우리라는 사람을 짓는다. 우리는 우리가 한 선택들의 결과물이다. 다른 사람들을 비난하고 싶은 마음도 들겠지만, 우리가 처한 상황을 두고 자신이 아닌 다른 사람을 비난할 수는 없다. 당신의 상사가 당신을 억지로 퇴사시킨 게 아니다. 당신의 이웃은 당신을 파산하게 만들지 않았다. 당신의 반려견은 당신을 꼬드겨 마켓 '타깃'에 가서 물건을 왕창 사들여 집세를 다 써버리게 만든 적이 없다.

선택을 하는 것은 우리다. 그리고 그 선택들이 우리를 만든다.

애디,

우리는 모두 '이상해'.

'정상'이라는 건 애초에 존재하지 않는단다.

어떤 사람이 널 이상하다고 하면, 고맙다고 말하렴.

사랑을 담아, 아빠가

모든 것의 기준치가 '정상'이라고 대체 누가 정했는가? 무엇이 '정상'인지를 정하는 사람은 대체 누구인가? 어떤 경우에도, '정상'이라는 건 존재하지 않는다.

우리는 우리의 이상함을 자축해야 마땅하다. 우리가 하는 일 중에 정상인 것은 없다. 만약 우리 모두 정상이라고 한다면, 이 세상은 재미없고 지루한 곳이 될 것이다. 우리 한 사람 한 사람은 각자의 이상한 방식으로 모두 특별하다.

이상한 것은 좋은 일이다. 누군가가 당신을 이상하다고 했다면, 최고의 칭찬을 들었다고 생각해야 한다. 고맙다고 말하자.

애디,

뭔가를 배우고 있지 않다면, 살아 있는 게 아니란다.
언제나, 계속해서, 배우렴.

사랑을 담아, 아빠가

성공적인 하루를 보내고 싶은가? 그렇다면 새로운 뭔가를 배우자.

우리는 매일 새로운 무언가를 배울 수 있다. 매일 새로운 뭔가를 배우지 않으면, 현실적으로 우리 자신이든 우리 주변의 사람들이든 더 낫게 만들 수 없다.

나는 박사과정을 밟기 위해 대학으로 돌아갔는데, 그건 '얀들 박사'가 되고 싶어서가 아니라 스스로 더 나은 사람이 되고 싶어서였다. 나는 평생 배우는 사람이 되고 싶다. 다만 스스로 더 나은 사람이 되려 하면, 가난해질 수밖에 없다. 그래도 결국엔 그 모든 게 가치 있을 것이다.

더 나은 사람이 되자.

애디,

사람들에게 네가 얼마나 영리한지 상기시키려고
애쓰지 마.
말 대신 행동으로 보여주렴.

사랑을 담아, 아빠가

사람들에게 자신의 똑똑함을 과시하려는 사람들은 사실 그들이 생각하는 것만큼 똑똑할 리 없다. 우리가 얼마나 똑똑한지 사람들에게 설명하느라 에너지를 낭비해서는 안 된다. 그게 가치 있는 일일까? 정말 필요한 일일까?

현실세계에서는 아무도 당신이 대학에서 받은 학점에 신경 쓰지 않는다. 당신의 시험점수에 관심을 기울일 사람도 없다.

당신이 얼마나 똑똑한 사람인지 행동으로 보여라. 무엇을 할 수 있는지 말이 아닌 행동으로 보여주자.

애디,

아침으로 반짝이가루를 마시고,
오늘 하루 반짝반짝 빛나렴!

사랑을 담아, 아빠가

세상에, 저 남자 아침으로 손톱을 먹나봐!

아침으로 손톱을 먹는 사람은 없을 것 같은가? 정말 그렇게 생각하나요? 내 딸은 아침밥상에서 손톱을 칠하고 펼을 먹는데! 내 말이 맞죠!

이 편지에 사실 큰 의미는 없다. 그날 아침 내 딸 얼굴에 웃음이 번지는 걸 보고 싶었을 뿐.

그리고 나도 손톱에 반짝이 매니큐어를 한번 발라볼까 하는 생각도 들어서……

애디,

한자리에 가만히 서서 세상을 바꾼 사람은 없단다.
계속 앞으로 나아가렴.

사랑을 담아, 아빠가

개들은 주차돼 있는 차에 대고 짖지 않는다. 이 말이 무슨 뜻인지 깨닫기까지 말도 안 되게 오랜 시간이 걸렸다. 애디슨에게 설명해줘야 했을 때, 설명하고 나서야 나도 납득할 수 있었다.

한자리에 서 있지 말라.

우리가 한자리에 서 있으면 사람들은 우리를 그냥 지나쳐 갈 것이다. 다른 이들이 계속해서 앞으로 나아갈 때 우리는 점점 더 멀리 뒤처질 것이다.

세상을 바꾸고 싶은가? 지금 하는 일을 계속하라.

애디,

무언가를 선택할 때는 언제나 손해를 감수할 만큼
가치 있는 것인지 따져보렴.

사랑을 담아, 아빠가

선택은 결과로 이어진다. 우리의 선택은 우리의 삶을 결정한다. 우리의 선택은 투자와 같다. 모든 투자는—좋은 것이든 나쁜 것이든—결과로 이어진다. 좋은 투자를 하면 이득을 얻는다. 나쁜 투자를 하면 돈을 잃는다. 그러나 투자할 때는 그것이 좋은 선택인지 나쁜 선택인지 확신할 수 없다.

무언가를 최종적으로 결정할 때는, 그 선택이 가져올 결과를 내가 받아들일 수 있는지 먼저 숙고해봐야 한다. 모험가이든 아니든, 좋은 것뿐 아니라 나쁜 것도 받아들일 준비가 돼 있어야 한다.

애디,

완벽한 사람은 업다. Pobody's nerfect.❋

우리는 모두 실수를 하고 잘못된 스테이크를 굽는다. We all make misteaks.❋❋

사랑을 담아, 아빠가

❋ 'Nobody's perfect'라는 문장에서 철자를 일부러 잘못 쓴 것이다.

❋❋ 이 문장에서도 mistakes의 철자를 바꾸어 썼다. 'misteak'는 '잘못 구운 스테이크'라는 뜻이다.

⟶⟫⟫⟫ ❋ ⟪⟪⟪

완벽한 위트가 담긴 또하나의 편지, 또는 완벽하게 실패한 또하나의 아재 개그.

완벽하게 요리한 스테이크는 맛있다. 하지만 완벽하게 요리한 '미스테이크misteak, 잘못 구운 스테이크'는 그렇지 않다. 그러니까 사실은 아무도 완벽하지 않다.

실수했는가? 기꺼이 받아들이자. 실수는 우리를 좀더 인간답게 만들어주고 사랑스러워 보이게 만든다. 절대 실수하지 않는 사람, 또는 자신이 틀렸다는 걸 인정하려 들지 않는 사람들을 가까이 두고 싶지 않다.

완벽한 사람은 없다. 실수하는 이들을 받아주고, 나 자신도 받아들이자.

애디,

나쁜 습관은 편안한 침대와 같아.

들어가기는 너무 쉽지만 빠져나오기는 너무 어렵지.

사랑을 담아, 아빠가

나는 몇 가지 나쁜 습관들을 갖고 있다. 자그마치 35년을 고쳐보려 노력했지만, 실패했다. 그냥 너무 편안한 것을 어쩌겠는가! 우리는 모두 나쁜 습관들을 갖고 있다. 나쁜 습관은 편안하고, 우리는 습관과 편안함을 사랑하는 동물이다.

사람들은 편안한 지대에 머물고 싶어한다. 그곳에선 아무것도 바꾸지 않아도 되니까. 바꾸지 않아도 된다고 자신을 설득한 것일 수도 있지만.

침대가 아무리 편안해도, 매일 아침 반드시 박차고 나와야 한다.

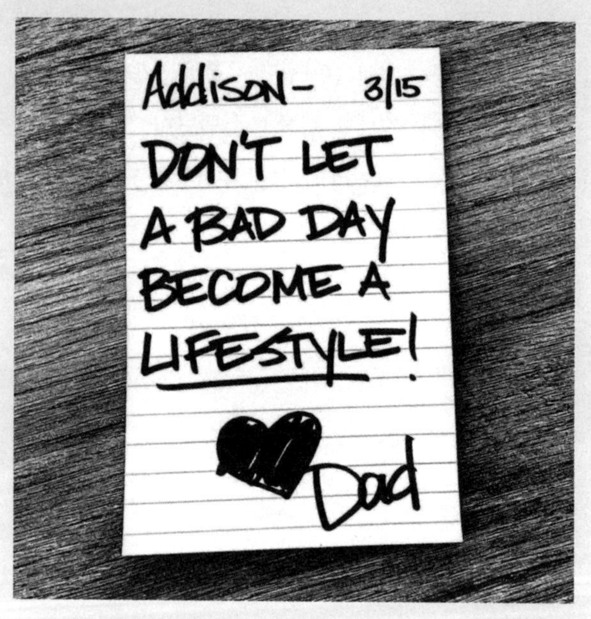

Addison -   3/15
DON'T LET
A BAD DAY
BECOME A
LIFESTYLE!
Dad

애디슨,

나쁜 하루가
라이프스타일로 굳어지지 않게 조심해라!

사랑을 담아, 아빠가

애디,

구름이 잔뜩 낀 날에도 너의 미소는 온 세상을
환하게 하지.

사랑을 담아, 아빠가

나는 그렇게 자주 웃지 않는다―웃을 때 생기는 이중턱이 신경쓰인다는 게 가장 큰 이유다. 나는 우리 아이들이 행복하고 걱정 없어 보일 때가 제일 좋다. 내가 힘든 하루를 보내고 있을 때 아이들을 보면 확실히 좀 나아진다. 물론 서로 소리 지르고 있을 때나 엄마를 미치게 만들고 있을 때는 빼고.

애디슨이 아기였을 때, 퇴근하고 돌아오면 나를 보고 환하게 밝아지던 그 얼굴이 기억난다. 잭슨이 어릴 때도 마찬가지였다. 장거리를 운전해 집에 돌아오면 아이들이 현관으로 뛰어나왔고, 나는 그 순간을 언제나 사랑했다.

아이들은 나의 잔뜩 구름 낀 날조차도 환하게 밝혀주었다.

애디,

방안에서 네가 가장 똑똑한 사람이라면,
넌 방을 잘못 찾아 들어간 거야.

사랑을 담아, 아빠가

이 문장을 트위터에 올릴 때마다 "하지만 다른 누군가가 가장 똑똑하다면, 그 사람이 방을 나가야 하는 건가요? 그럼 그 다음으로 똑똑한 사람도 나가야겠네요, 그렇죠?"라는 댓글이 달린다.

이 문장은 글자 그대로 해석해선 안 된다. 그보다는 우리 모두 만들어지는 과정에 있다는 것을 상기시켜주는 글로 읽어야 한다.

나는 방안에서 가장 똑똑한 사람이 아니다. 당신도 아니다. 이 책에서 가장 똑똑한 사람도 내가 아니다! 당신이 가장 똑똑하다고 생각한다면, 이미 당신은 다른 사람들에게 배울 의지가 없다는 뜻이다.

애디,

내가 하는 대로 따라 하지 말고,

내가 말해주는 대로 하렴.

나는 살면서 많은 실수를 저질렀지만,

그래서 배운 것이 많았어.

사랑을 담아, 아빠가

트위터가 출현하기 전에도 나는 많은 말을 했다. 트위터를 시작하고 나서는, 훨씬 더 많은 것(대부분 말이 되는 것들)에 대해 말하게 되었다. 전혀 말이 안 되는 말들도 가끔 했다. 무의미한 것들을 말하는 습관이 있었지만, 내 말의 대부분은 가치 있다고 나는 생각한다. 특히 내가 하는 행동들보다는 말이 더 나은 경우가 많다.

사람들은 우리가 한 행동을, 우리가 어떤 감정을 느끼게 했는지를 기억한다. 하지만 나는 내 아이들이 내가 하는 행동보다는 내가 한 말들을 기억하여 따라주면 좋겠다. 내가 한 행동들 중에는 나쁜 버릇에서 비롯된 것도 많다. 그러나 그 실수로 많은 것을 배우기도 했다.

우리가 내뱉는 말들에 주의하자. 그것이 곧 행동으로 이어지기 때문이다.

우리의 행동에 주의하자. 그것이 곧 우리 자신이기 때문이다.

애디, 내가 하는 대로 따라 하지 말고, 말해주는 대로 하렴.

애디,

절대로 표지만 보고 책을 판단하지 마라.
마음을 정하기 전에 꼭 책을 펼쳐 읽어보렴.

사랑을 담아, 아빠가

　너무 많은 사람이 뒤표지에 실린 열혈 리뷰나 비평가의 추천사만 살펴본다. 다른 사람들의 의견이 여러분의 생각을 좌지우지하게 두지 말자. 우리는 모두 다른 취향을 갖고 있으니까.

　친구들이 뭔가를 좋아한다고 해서 우리도 꼭 좋아하라는 법은 없다. 뭔가를 좋아하거나 싫어하는 건 전적으로 주관적인 것이다. 무엇이 좋은가에 대해선 모두 생각이 다를 수 있다.

　다른 사람들의 주관적인 의견을 내 것인 양 받아들이지 말자. 내가 정말로 좋은지 시간을 들여 생각해봐야 한다.

　언제나 책장을 열어 이야기를 읽어보자. 그 누구의 이야기라도 읽을 가치는 있다.

애디,

'No'라는 말을 받아들이는 법을 배워야 해.
'No'는 모든 것을 끝내는 말이 아니야.
다른 무언가를 시작하는 말이지.

사랑을 담아, 아빠가

나는 매년 'No'라는 말을 여러 번 듣는다.

'No'는 모든 것을 끝내는 말이 아니다. 다른 무언가를 시작하는 말이다.

누군가 당신에게 'No'라고 말한다면, 그 사람의 결정을 받아들이고 계속해서 나아가야 한다. 한 번 문이 닫혔다고 해서 다른 모든 문이 닫힌 것은 아니다. 너무 많은 사람이 'No'라는 말에 상처받고 불안해하는 반응을 보인다.

받아들이고 계속 나아가자.

애디,

모든 사람은 대체될 수 있어.
잊히지 않는 사람이 되렴.

사랑을 담아, 아빠가

아니, 나는 아홉 살짜리 내 딸을 누군가로 대체할 수 있다고 말하는 게 아니다. 내 아이들은 절대 대체될 수 없다. 그들은 이미 절대 잊을 수 없는 존재가 되었다. 그러니까 내 말은, 우리집은 지난 10년간 하루도 조용한 날이 없었다는 뜻이기도 하다.

친구들은 우리보다 더 멋지고, 좀더 비슷한 관심사와 호불호를 가진 누군가로 우리를 대체할 것이다. 무언가로 대체되는 일은 언제나 있다. 그럼에도 우리는 정말 우리 자신을 잊을 수 없는 존재로 만들 수 있을까?

일터에서도 우리는 늘 대체될 것이다. 하지만 우리 자신을 잊을 수 없는 존재로 만들 기회는 얼마든지 있다.

애디,

너는 시험 점수 이상의 존재야.

네가 뭘 하든, 나는 늘 변함없이 널 사랑할 거야.

행운을 빌어!

크게 숨쉬어!

사랑을 담아, 아빠가

오늘은 일주일간 치러지는 4학년 시험의 첫날이다. 딸아이가 아침부터 근심 가득한 표정이어서, 마음이 좀 진정되기를 바랐다. 시험이 스트레스가 될 수는 있겠으나, 우리는 아이가 스스로 시험 점수 이상의 존재라는 걸 알길 바랐다.

국가는 아이를 점수로만 평가할지 몰라도, 우리에게 애디는 언제나 사랑스럽고 다정하고 재밌는 아홉 살짜리 딸이다.

애디,

너의 가치를 알아보지 못하는 어떤 사람의,
또는 어떤 시험의 무능함 때문에
너의 가치가 떨어지는 일은 없단다.

사랑을 담아, 아빠가

그 누구의 의견도, 또는 어떤 시험도 당신의 가치를 결정하거나 자존감을 측정하는 지표가 되어서는 안 된다. 의식적으로든 무의식적으로든, 부모는 아이들이 학업적으로 좋은 성과를 내도록 어마어마한 스트레스와 압박을 가하고 있다. 유소년 스포츠팀에 아이들을 보낼 때조차 자기 아이가 제2의 보 잭슨이나 마이클 조던이 되길 바라며 엄청난 스트레스를 준다. 최근에도 확인해봤지만, 그 어떤 대학에서도 코치피치 야구coach-pitch baseball※팀 아이들을 선수로 스카우트해간 적은 없다.

그러니까 내가 하고 싶은 말은, 당신이 어떤 가치를 가진 사람인지 남들이 떠들게 두지 말라는 것이다. 내 아이들이 SAT※※에서 완벽한 점수를 받든 반에서 꼴찌를 하든, 나는 내 아이들을 똑같은 눈으로 바라볼 것이다. 시험점수로 아이들의 가치가 올라갔다거나 떨어졌다고 생각하지 않을 거라는 말이다. 무엇을 하든 아이들은 여전히 똑같은 가치를 지닐 것이다.

값을 헤아릴 수 없는 가치를.

※ 6~8세 아이들이 코치가 공을 던져주면 배팅하는 형식의 야구 경기.

※※ 미국의 대학입학시험.

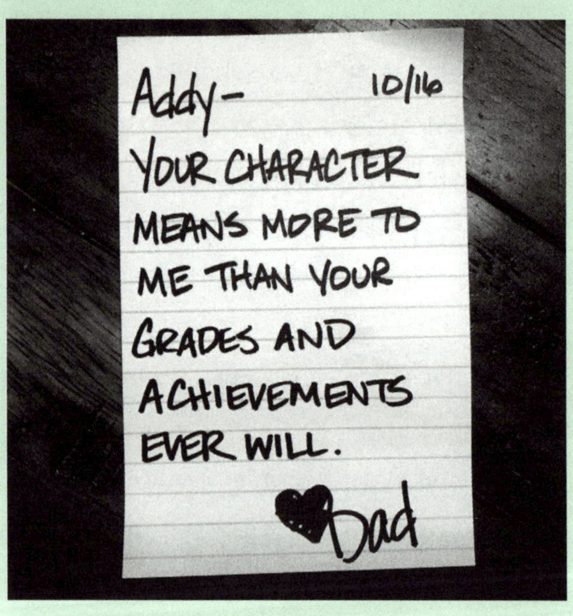

Addy—   10/16
YOUR CHARACTER
MEANS MORE TO
ME THAN YOUR
GRADES AND
ACHIEVEMENTS
EVER WILL.
Dad

애디,

너의 성적과 성과보다
너의 성격이 내게는 훨씬 더 중요하단다.
언제까지나 그럴 거야.

사랑을 담아, 아빠가

애디,

사람은 자신이 믿는 대로 성장하게 되어 있어.

나는 너를 믿어.

사랑을 담아, 아빠가

사람은 자신이 믿는 대로 성장하게 되어 있다. 우리는 이제까지 우리가 성장한 모습을 믿게 되어 있다. 이건 그러니까 상상의 칠판 같은 것이다. 무언가 될 수 있다고 믿는 순간, 우리는 그것이 현실이 되도록 만드는 힘을 자신에게 불어넣게 된다. 애디슨은 거의 언제나 자신이 영리하고 창의적인 아홉 살 소녀라고 믿고 있다.

나는 비록 직장생활을 시작할 때도, 다른 뭔가를 시작하기 위해 직장을 그만둘 때도 큰 지지를 받지 못했다. 하지만 나는 아이들이 무엇을 믿고 무엇이 되고 싶든, 언제나 지지할 것이다.

우리에게 필요한 것은 우리 스스로 무언가를 믿고, 누군가 우리를 믿어주는 것이다.

애디,

문제를 해결할 때는 답을 찾아야지, 핑곗거리를
찾아선 안 된다.

사랑을 담아, 아빠가

핑곗거리를 찾는 것은 문제로부터 도망치는 쉬운 방법이다. 우리 마음에 들지 않는 어떤 문제나 결정들에 대해 불평하기는 쉽기 때문이다. 그런데 그 불평들에 대한 해답을 제시할 수 있는 사람은 몇이나 될까?

리더로서 나는 언제나 내 직원들에게 불평만 하기보다 아이디어와 해답을 제시하도록 독려한다. 아이들에게도 마찬가지다.

"아빠, 잭이 나 때렸어요!"

"아빠, 누나가 괴롭혀요!"

앞에 놓인 상황에 대해 불평하지 말라. 그런 상황이 재발하지 않도록 해결책을 제시하라. 핑계를 대는 순간, 사람은 누구나 해결책을 제시하는 일엔 무관심하게 된다.

어떤 일이 벌어졌다고 혹은 벌어지지 않았다고 불평하거나 핑계를 대고 싶은 순간이 온다면, 그 대신 해결책을 제시해보자.

애디,

F로 시작하는 단어 중 내가 제일 좋아하는 건
'Finish Friday(금요일을 끝내자)'야.
끝까지 열심히!

사랑을 담아, 아빠가

애디슨은 내가 다른 걸 쓸 거라고 생각했던 모양이다.

사실 하마터면 나도 '프렌치프라이Frenchfry'라고 쓸 뻔했다.

척 보기에도 그런 것 같다. 비누로 입에 묻은 기름부터 빡빡 씻어야지.

애디,

나쁜 태도란 바람 빠진 타이어 같은 거야—새것으로
바꾸기 전엔 한 발자국도 못 나아가지.

사랑을 담아, 아빠가

바람 빠진 타이어로는 차를 달릴 수 없다. 반드시 새것으로 바꿔야 한다. 스스로 하든 정비사에게 맡기든, 그 작업을 마치기 전엔 차를 움직일 수 없다.

나쁜 태도는 바람 빠진 타이어와 비슷하다. 그것에 대해 어떤 조치를 취하기 전에는 아무것도 바뀌지 않는다. 게다가 우리의 나쁜 태도를 바꾸는 일은 남들이 대신해줄 수 없다. 그것을 바꾸는 건 오로지 우리의 몫이다.

'나의 결점들'이 우리를 조종하게 두지 말자.

애디,

칭찬은 휴지 같은 거야.

너무 쉽게 버려선 안 된다는 점만 빼면 말야.

잘 간직하렴.

사랑을 담아, 아빠가

사람들이 휴지를 건네준다. 우리는 고맙다고 말한다. 그다음 코를 풀고, 휴지를 버린다. 사람들은 칭찬도 휴지처럼 건넨다. 우리는 똑같이 고맙다고 말한다. 하지만 이것들을 뭉쳐서 버리지는 않는다.

나는 칭찬받는 게 어색하다. 칭찬하는 사람들을 좀처럼 믿지를 못한다. 그 사람들을 못 믿어서가 아니다. 그냥 나 자신의 문제다. 칭찬을 받아들이는 게 너무 어려운 것이다. 재채기했을 때 사람들이 휴지를 건네면 넙죽 잘도 받지만.

휴지에 코를 풀면 얼른 내다버린다. 하지만 칭찬을 결국 받아들이기로 했을 때는, 기억하려고 노력한다. 그것은 콧물이 범벅된 휴지가 아니라, 마음속에 간직하고 싶은 친절한 휴지다.

주머니 가득 칭찬을 넣고 다니면 참 좋을 것이다. 콧물이 범벅된 휴지는 그렇지 않지만.

애디,

우리를 정의하는 건

우리가 하는 말이나 생각이 아니라

우리의 행동이란다.

사랑을 담아, 아빠가

사람들은 우리가 하는 말을 금세 잊을 테지만, 우리의 행동은 언제까지고 기억할 것이다. 어릴 때 부모님이 내게 해주신 말씀들은 거의 다 잊어버렸다. 학교에서 선생님과 교수님들이 해주신 말씀들도 기억나는 게 거의 없다. 하지만 그들이 내게 어떤 감정을 느끼게 했는지는 또렷이 기억하고 있다.

고등학교 생활 막바지에 들었을 때, 존경해 마지않는 영어 선생님이 나를 칠판 앞으로 불러내시더니 우리에게 내준 문법 과제 중 하나를 풀어보라고 하셨다.

틀렸다. 원 스트라이크.

선생님이 다시 물으셨다. 또 틀렸다. 투 스트라이크.

선생님은 세 번 더 물으셨고, 세 번 다 틀렸다. 스트라이크 3, 4, 5.

다섯번째 오답을 냈을 때, 선생님은 창가로 가시더니 내게 물으셨다. "어떤 멍청이가 날아다니는지 밖에 좀 내다볼래?"

"안 보이는데요, 선생님."

"맞아, 멍청이라곤 너 하나거든."

그후 나는 그 누구도 나를 그런 식으로 창피 주도록 두지 않겠노라 맹세했다. 그리고 나는 문법 정복자가 되었다.

애디,

네가 누굴 만나든 배울 게 없는 사람은
단 한 명도 없단다.

사랑을 담아, 아빠가

우리는 서로에게 스승이다. 우리가 만나는 사람마다 미적분학이나 라틴어를 가르치는 건 아니지만, 그게 뭐가 됐든 무엇인가는 가르쳐주게 되어 있다. 누군가에게는 타이 매는 법을 배울 수도 있고, 또 누군가에게는 완벽한 개그를 배워 시간을 벌 수도 있을 것이다. 어쩌면 이 책을 보고 저자가 되기 위해 출발선상에 서시는 분들이 계실지도 모르겠다.

그것이 무엇이 됐든 우리는 누군가에게 무언가를 가르치고, 누군가에게서 무엇인가를 배우고 있다. 우리는 모든 것을 알 수 없기에 죽을 때까지 배워야 한다.

무언가를 가르쳐줘라. 그리고 무언가를 배워라.

애디,

네가 빨리 왔다는 생각이 들면, 제시간에 온 거야.

제시간에 왔다는 생각이 들면 늦은 거야.

늦었다는 생각이 들면 사람들은 이미 널 잊은 후란다.

사랑을 담아, 아빠가

우리 고등학교 야구 코치는 언제나 시간 약속을 지키는 데 아주 엄격한 사람이었다. 고등학교 입학 후 등교 첫날—나는 학교가 아직 낯설었고 심한 스트레스로 실신할 것만 같은 상태였다—나는 캠퍼스에서 길을 잃었고 2교시였던 체육시간이 이미 시작한 후였다.

체육관 입구를 어렵게 찾아 쏜살같이 계단을 뛰어올라 농구 경기장에 들어섰다. 숨이 넘어갈 것 같아 한마디도 할 수 없었다.

"너, 2교시가 몇시에 시작하는진 알고 있어?"

숨을 고르며 나는 희미하게 고개를 끄덕였다.

"네가 빨리 왔다는 생각이 들면, 제시간에 온 거야. 제시간에 왔다는 생각이 들면 늦은 거야. 넌 늦었어."

체육시간이 아니라 철학 수업에 잘못 들어간 줄 알았다.

그후로 20년도 더 지났지만, 선생님이 하신 그 말씀은 뇌리에 그대로 박혀 있다.

애디,

실수가 한 번 이상 반복되면 그건 실수가 아니라

너의 결정이 된단다.

네가 무엇을 결정할지 염두에 두렴.

사랑을 담아, 아빠가

반복해서 하는 행동이 곧 내가 된다. 첫 실수는 사고다. 같은 실수를 여러 번 반복하면 그건 우리의 결정이 된다. 나는 언제나 실수한다. 똑같은 실수를 하지 않기 위해 애쓸 뿐이다. 물론 이 책을 쓰면서 알게 된 것이지만, 나는 실로 습관의 동물이다.

나는 비슷한 것을 쓰고 또 쓰는 경향이 있다. 똑같은 결정을 하고 또 하는 경향도 있다. 그러므로 나는 똑같은 실수를 한 번 하고도 또 반복한다.

그것은 나의 결정이 된다. '나는 지금 고심해서 결정하고 있다'는 잠재의식을 깨우기 위해 의식적으로 노력한다. 습관의 동물인 우리는 가끔 자동조종 모드로 들어가 실수와도 같은 결정을 내리기 때문이다.

우리가 무엇을 결정할지 조심하자.

애디,

네가 얼마나 마음을 쓰는 사람인지 알기 전까진,

아무도 네가 얼마나 많이 알고 있는지

알고 싶어하지 않을 거야.

사랑을 담아, 아빠가

　그리고 사실 사람들은 우리가 얼마나 많이 아는지에 전혀 관심 없다.

　관리자가 되고 나서 깨달은 것이다. 후배들이 던지는 질문에 모두 답할 수는 있었지만, 내가 무슨 말을 해도 자신들에게 호감이 있다는 걸 알기 전까지 나는 그저 꼰대일 뿐이다. 우리 중 그 누구도 '지식'에 기반한 업무를 해서는 안 된다. 우리는 모두 '사람'에 기반한 업무를 하려고 노력해야 한다.

　이것은 어릴 때부터 시작된다. 완벽한 성적, 완벽한 시험점수를 받고 대학입시에 완벽한 논술답안지를 낼 수는 있지만, 대체 그 모든 것이 무슨 의미란 말인가? 나는 내 아이들이 전 과목 A를 받고 타인에게 도움이 되는 활동에 전혀 참여하지 않는 것보다는, 죄다 C를 받더라도 시민단체 활동을 활발히 하고, 지역사회에 조금이라도 기여할 수 있기를 바란다.

　당신이 알고 있는 지식으로 직장을 얻고 이런저런 기회들도 얻을 수 있겠지만, 사람들과 관계를 맺고 그들과 연대한다면 바로 당신이 그 사람들에게 일자리와 기회들을 선물할 수 있을 것이다.

애디,

다른 사람들에게 인색하게 구는 데는
그 어떤 노력도 들지 않지.
다른 사람들에게 겸손하고 친절하게 구는 데는
많은 수고와 노력이 필요하단다.
수고하기를 주저하지 말아라!

사랑을 담아, 아빠가

다른 사람들에게 못되고 무례하게 구는 데는 아무 노력도 들지 않는다. 특히 오늘날에는 사람들에게 해괴망측하게 굴기가 너무 쉽다. 이젠 아무도 노력하려 들지 않는다. 그저 지금, 지금, 지금만 중요할 뿐이다! 그래서 누군가 우리의 주문을 제대로 받지 못하거나 우리 '생각에' 받아야 마땅할 점수를 받지 못하면 곧장 무례하기 짝이 없는 장황한 비난의 말을 감정적으로 쏟아내고 마는 것이다. 그게 제일 쉬우니까.

단 몇 분만 더 들여, 왜 우리가 원하는 것 또는 우리가 받아야 마땅하다고 생각한 어떤 것을 받지 못했는지 곰곰이 생각해보자. 쉬운 길을 택하는 것, 모두가 지나간 길을 따라가는 것, 그것은 곧 책임 회피일 뿐이다. 사람들이 가지 않은 길, 수고해야 갈 수 있는 길, 지도에 나오지 않는 길을 가보자. 시간을 지혜롭게 쓰고 다른 사람에게 다정하게 대하자!

스스로 발견하고 해결해보자. 사람들에게 친절하게 대하는 지침 같은 건 눈 씻고 찾아봐도 없지만, 희한하게도 못되게 구는 지침은 사방에 널려 있는 것 같다.

막말로 점철된 장광설은 절대로 지지하지 않지만, 해야만 한다면 정말 최후의, 최후의, 최후의 수단으로 사용하길 바란다. (참조: 아예 안 하면 더 좋음.)

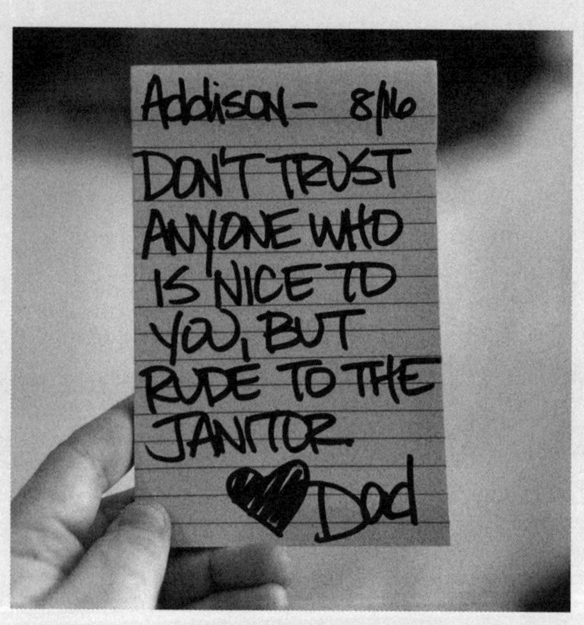

Addison —   8/16
DON'T TRUST
ANYONE WHO
IS NICE TO
YOU, BUT
RUDE TO THE
JANITOR.
Dad

애디슨,

네 앞에서는 친절하게 굴면서
수위나 청소부에게 무례하게 구는 사람은
절대로 믿지 마라.

사랑을 담아, 아빠가

애디,

불가능한 건 없어.

스스로 되뇌어봐.

"나는 할 수 있다."

사랑을 담아, 아빠가

이해하기에 또는 성취하기에 지나치게 어려운 것은 없다. 그래, 처음엔 어려울 수 있지만, 시간을 들이면 결국 성과를 올릴 수 있을 것이다. 나는 내 딸이 어떤 것이 '너무 어려워서' 피해버리는 일만은 하지 않길 바란다.

자신을 시험해보라. 어떤 장애물도 뛰어넘을 수 있음을 스스로 증명해보라. 직장을 잃고 나서 매일 아침 일어나 어차피 실패할 게 뻔한 구직활동을 끊임없이 시도한 것도 그래서였다. 무엇이든 극복할 수 있다는 것을 자신에게 증명하고 싶었던 것이다.

4학년 생활은 도전이 될 수 있겠지만, 쉽게 정복할 수 있다. 그리고 애야, 알고 있니? 5학년은 더 큰 도전이 되겠지만, 그 역시 얼마든지 정복할 수 있단다! 매년 더 큰 도전이 기다리고 있지만, 우리는 한 계단씩 밟아가면서 무엇이든 정복할 수 있는 기술들을 익혀나갈 것이다.

애디,

인생이란 무지개나 유니콘 같은 게 아니야.

어려울 수 있지.

나쁜 하루를 보내는 것도 괜찮아!

사랑을 담아, 아빠가

어른이 된 나는 가끔 사춘기 소년이었을 때보다 더 침울해진다. 이 편지를 쓴 금요일 아침, 아직 6시도 되지 않았는데 나는 벌써 침울해져 있었다. 이런저런 생각들로 마음이 복잡했고, 오늘 하루가 어떻게 끝날지―시작보다 더 나쁘게―왠지 알 것만 같았다.

우울증을 앓는다는 건 약간의 좋은 날과 그냥 나쁜 날들만이 있다는 것이다. 그리고 이날은 그 '나쁜 날들' 중 하나였다. 나의 육아 방법에 동의하지 않을 분들도 많겠지만, 나는 미소와 환한 햇빛과 무지개라는 허울 뒤에 숨어 있기보다 '나쁜 날들'을 괴로워하는 아빠를 아이들에게 있는 그대로 보여주고 싶다.

그게 인생이지 않은가. 유니콘이 아니라 진짜 현실을 봐야 한다. 나는 내 아이들이 오늘이 나쁜 날이 되리라는 걸 알면서도 평소처럼 이불을 박차고 일어나 하루를 살아내길 바란다. 그게 진짜 인생이다. 애디슨도 '나쁜 하루'들을 겪어왔을 것이다. 나도 그렇다.

인생은 무지개나 유니콘 같은 게 아니니까.

애디,

행복은 우리가 잡을 수 있는 물고기가 아니야.

그랬다면 우린 더 행복했을 거고,

더 많이 갖고 싶어 안달하지 않았겠지.

사랑을 담아, 아빠가

물고기는 잡을 수 있지만, 행복은 잡을 수 없다. 행복이 낚싯바늘에 미끼를 걸고 물속에 줄을 내려 잡을 수 있는 거였다면, 아마 행복한 사람이 더 많아졌을 것이다. 불행하게도 행복은 강이나 바닷속을 헤엄쳐 다니는 물고기가 아니다.

우리는 스스로 행복을 만들 수 있다. 행복한 상황을 스스로 만들면 된다. 우리가 내리는 결정들로 우리 삶을 개척해나갈 수 있다. 즉각적인 만족감을 너무도 갈망하던 때, 행복이 물고기 같은 거였으면 얼마나 좋았을까 생각했다. 하지만 이제는 안다.

행복은 우리가 잡을 수 있는 물고기가 아니다.

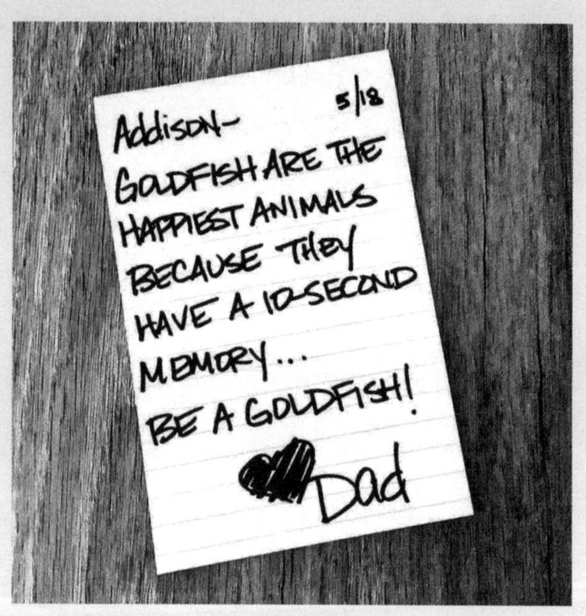

Addison—
5/18
GOLDFISH ARE THE
HAPPIEST ANIMALS
BECAUSE THEY
HAVE A 10-SECOND
MEMORY...
BE A GOLDFISH!
Dad

애디슨,

금붕어는 세계에서 가장 행복한 동물이란다.
금붕어는 고작 10초의 기억력만 갖고 있기 때문이지.
금붕어처럼 현재를 살아라.

사랑을 담아, 아빠가

애디,

진실은 우리에게 아무런 대가도 치르게 하지 않지.
하지만 거짓은 반드시 대가를 치르게 되어 있단다.

사랑을 담아, 아빠가

거짓은 아무런 가치가 없다. 당연히, 친구들 기분을 좋게 만들 수 있고(그저 자기들 기분을 맞춰주려는 건지도 모르고), 잠깐은 곤란한 상황에서 벗어나게 해줄지 모른다.

그러나 당장 그 대가를 치르지 않더라도 나중에 꼭 치르게 될 것이다. 그것도 한 번이 아니라 여러 번. 거짓말은 또다른 거짓을 낳고 그 거짓이 다른 거짓으로 이어지기 때문이다. 나는 경제에 밝은 사람은 아니지만, 이건 마치 복리 같은 거라고 할 수 있다. 어쨌든 거짓말은 우리에게 직장, 결혼, 명성 등 가리지 않고 반드시 대가를 치르게 한다.

나의 경우 직장, 가족, 그리고 이제껏 정말 힘들게 쌓아올린 명성과 인품을 담보로 할 만큼 거짓말이 가치가 있는지 모르겠다. 거짓말로 지은 집 위에 인생을 담지 말라. 어설프게 쌓아올린 카드처럼, 언젠가는 가벼운 산들바람에도 무너지고 말 테니.

애디,

처음 시작했던 마음으로 학기말을 보내렴.
미소와 훌륭한 태도로.

사랑을 담아, 아빠가

이 소리가 들리는가? 이제 학기가 끝나고 여름이 다가왔음을 깨달은 애슐리가 내는 소리다. 오늘 내 딸은 4학년으로 집을 나가 5학년이 되어 돌아온다.

애디슨은 밝은 미소와 훌륭한 태도로 학기를 시작했는데, 끝맺음도 그렇게 해주길 바랐다. 나는 애디가 매년 좋은 추억을 간직한 채 학년을 마치길 바란다. 이것만은 확실히 안다. 오늘 애디는 4학년을 시작했을 때보다 몇 곱절은 더 큰 자신감으로 끝을 맺을 것이다.

그 작은 승리를 우리는 함께 축하할 것이다.

완전하게 불완전한
당신에게

나는 언제나 글쓰기를 좋아했다. 수년간 나를 지켜본 선생님들은 내가 글쓰기에 재능이 있다고 말씀해주셨다. 애써 입을 열어 말하지 않아도 단어들이 대신 내 생각을 전해주었기에, 글쓰기는 언제나 내 마음속 긴장을 덜어주는 활동이었다. 나는 내성적인 편이어서, 내 감정과 느낌을 소리내어 말하는 게 굉장히 지치고 지옥처럼 무서웠다. 웬만해서는 감정을 과하게 드러내지 않는다. 그래서 내 생각과 감정을 글로 적고, 활자로 나 자신을 표현하는 소통법을 늘 선호해왔다.

그래서 이상하게—어쩌면 다정하게—보일지 몰라도, 딸에게 편지를 쓰는 편이 말로 충고하는 것보다 더 쉽게 느껴졌다. 오해하지 마시길—물론 내 딸과 대화하지 않는 건 아니다. 문자메시지만 주고받는다거나 신호를 보내는 것만은 아니라는 말이다. 매일 아침 등굣길에 늘 대화를 나눈다. 매일 아침 내가 늘 기대하는 시간이기도 하다. 차로 3분이면 갈 수 있는 거리지만, 잠깐이나마 서로 이야기할 수 있고, 나의 경우 바보 같은 아재 개그를 던지거나, 애디슨이 학교나 자기 동생, 또는 반려견에 대해 조심스레 털어놓을 수 있는 시간이기도 하다.

책을 쓰는 건 내 꿈 중 하나였다. 어떤 책을 쓸지 무수히 많은 아이디어를 내놓고 잔뜩 흥이 나다가도(물론 내 머릿속에서만), 막상 키보드에 손을 올리는 순간 그냥 내던져버리고 말았다. 여러분이 지금 읽고 있는 이 책은, 내 딸이 다니는 학교 교장 선생님의 제안으로 쓰게 된 것이다.

학기가 진행되는 동안 나는 내가 쓴 편지들을 트위터와 페이스북, 인스타그램에 올렸다. 오직 딸아이만을 위해 할애한 그 소중한 순간들에 많은 네티즌이 긍정적이고 기운 나는 피드백을 보내주었다. 꽤 큰 반향을 일으킨 편지들도 있었다. 학년이 시작되고 몇 달이 지나 애디슨의 선생님이 내가 쓴 편지들을 반 아이들과 나눠도 괜찮은지 연락을 주셨다. 교장 선생님은 페이스북에 올라온 내 편지들을 읽는 것이 하루의 큰 즐거움이라고도 말씀해주셨다.

하지만 포스팅을 읽은 사람들이 내 편지들은 읽었어도 우리 집에서 벌어지고 있었던 일들을 전부 알 수 있는 건 아니었다.

4학년은 어느 아이에게나, 특히 여자아이들에게는 더 힘들다. 그 나이 또래 중에는 못되게 굴고 남에게 상처 주기를 일삼는 여자아이들이 많다. 그것도 커가는 과정이긴 하지만, 부모 입장에서는 매일 아이가 상처 입는 것을 보는 게 썩 유쾌하지 않다. 매일 올리는 #아빠의도시락편지#DadLunchNotes 해시태그를 단 게시글만 보면 나는 완벽한 아빠이고 내 딸은 아빠의 충고를 스펀지처럼 쭉쭉 빨아들이는 착한 딸처럼 보이겠지만, 둘 다 현실과는 멀다.

내 아내의 말에 따르면, 현실에서는 내 딸과 나는 99퍼센트 닮았다(내가 보기엔 나 70, 아내 30 정도로 닮은 것 같지만 어쨌든). 우리는 너무 비슷해서 두 마리 숫양이 뒤로 물러났다 전속력을 다해 뛰어가 들이받는 것처럼 자주 부딪친다. 꽝! 뿔을 곧추세우고 다시 한번 들이받는다. 우리는 둘 다 고집불통에 완고한 성격이지만, 나는 애디슨 안에서 나 자신을 본다. 내가 아이였을 때 견뎌야 했던 것들을 애디슨이 견디지 않길 바란다. 나는 내 아이가 강하고, 목소리를 낼 줄 알며, 회복력이 뛰어난 여성으로 자라길 바란다.

4학년에 올라가기 전까지 애디슨은 학교에서 아무런 문제가 없었다. 애디슨은 좋은 태도를 가진, 행복한 아이였다. 학년이 바뀌고 아이의 태도가 점차 변하기 시작했을 때, 아내와 나는 사춘기 탓을 하며 아이의 감정을 휘저어놓는 호르몬 변화 때문일 거라고 생각했다. 하지만 머지않아 우리는 그것이 호르몬 문제가 아니었음을 알게 되었다.

애디슨은 우울해했고 반항적이었으며, 혼자 있고 싶어했고 불안해하며 자주 짜증을 냈다.

처음엔 왜 그러는지 알 수가 없었다. 이제 10대가 되어 슬슬 반항이 시작되나보다 생각했다. 자주 소리지르고 울부짖었고, 벌도 자주 받았다.

내가 아이에게 소리지른 건 결코 잘한 일이 아니다. 내 딸이 우는 걸 지켜보는 일은 정말이지 싫다. 해결책은 찾지도 못한 채 아이가 상처받는 모습을 보자니 정말 괴로웠다. 아침마다 쓰는 편지가 어떤 면에서든 아이에게 도움이 되리라고 생각했는데, 그러지 못했다. 실마리를 찾을 수가 없었다.

결국 아이는 왜 그랬는지 털어놓았다. 학교에서 따돌림을 당하고 있었던 것이다. 사립학교를 다닌 나와 내 아내도 학교에서 따돌림을 당했고, 아마 그래서 우리 둘 다 사립학교 교육에 넌더리를 냈던 것 같다. 그런데 내 딸이 같은 일을 당하다니.

따돌림은 당연히 아이 마음에 상처를 남겼다. 애디슨은 모든 걸 자기 탓으로 돌리는 경향이 있다. 나도 자주 나 자신을 탓한다. 우리 모두 그럴 때가 많다. 그러지 않기가 쉽지 않다.

애디슨의 반항적인 언행은 따돌림 때문이기도 했지만, 주의력결핍과잉행동장애ADHD의 영향이기도 했음을 곧 알게 되었다. 이제 많은 것이 이해되기 시작했다. 두 눈 다 시력 2.0이면서, 더 일찍 신호를 발견하지 못한 나 자신에게 너무 화가 났다.

학년말이 되면서 모든 것이 조금씩 나아졌다. 폭풍은 결국 지나갔고, 구름 사이로 서서히 태양이 환한 얼굴을 내밀기 시작했다.

이 편지들을 쓴 1년간 나는 내 딸에 관해, 그리고 어쩌면 더 크게는 나 자신에 관해 더 많이 알게 되었다. 나는 내가 완벽한 부모가 아님을 배웠고, 영원히 그렇게 될 수 없다는 것도 배웠다. 아니, 그보다는 내가 완전하게 불완전하다고 해야 할 것 같다.

딸 애디슨의 답장

(다음은 아홉 살 내 딸이 쓴 글이다.)

그래요, 저는 사람들이 완벽하지 않다는 걸 배웠어요. 아무도 보고 있지 않을 때도 모두에게 친절해야 한다는 것도요.

이 편지들은 저를 고양해주었어요. '고양하다'의 뜻은 '(사람의) 정신이나 기분 따위를 북돋워서 높이다'입니다. 구글에서 검색해보았어요.

제가 가장 좋아하는 편지는 방학 동안 받은 것인데, 그 편지들이 저에게 좋은 가르침을 주었기 때문이에요. 아니, 그보나 아빠의 개그가 좋은 가르침을 주었다고 해야겠네요!

XOXO 포옹과 키스를 담아,

애디슨

실패의 순간도, 작은 성공의 순간도 온 마음으로 함께하기

나는 두 아이의 엄마다. 인생의 크고 작은 언덕을 넘으면서 제법 맷집도 생기고 마음에 굳은살도 박여서 사는 일이 조금은 만만해지는(또는 덤덤해지는) 사십 줄에 들어섰다. 그런데 단 한 가지, 도대체 '노하우'란 것이 쌓이지 않고 오히려 갈수록 어려워지는 게 하나 있으니, 바로 육아다. 나는 '부모'가 어렵다. 내게 부모가 된다는 건 내가 한 번도 되어보지 않은 사람이 되어, 한 번도 가져본 적 없는 마음으로, 한 번도 살아보지 않은 삶을 사는 일이었다. 충분한 수면 없이는 생활 자체가 불가능하도록 설계된 내가 새벽에 일어나 수유를 하고 기저귀를 갈고 우는 아이를 안아 재웠고, 맛있는 음식을 사랑하는 내가 맛집에 가도 메뉴 선정은 언제나 아이들 중심, 내 몫의 온전한 한 그릇은 당연히 포기해야 했다. 내가 아파도 아이들의 생활을 멈출 순 없으니 마음껏 아플 수도 없었다. 혼자만의 시간 따위 사치라고 생각한 지 오래고, 한여름 땡볕 아래 놀이터에 앉아 아이들을 감독하고 행여 내 아이가 실수하면 얼른 달려가 고개를 조아리며 사과하는 일은 난이도 0의 일에 속한다. 아침에 일어나 잠이 들 때까지, 아니 잠자리에 들어서도 아이가 새벽에 깰 것을 염려하며 가수면 상태로 '육아 모드'를 종료할 수 없는 엄마의 삶은 고되지만, 그래도 그것도 반복하니 몸에 익고 마음도 납득하게 되었다.

아이의 몸을 자라게 하는 것보다 더 어려웠던 건, 아이의 마음을 키우는 일이었다. 아침마다 어린이집에 가기 싫다고 울고불고하는 아이를 어르고 달래 들여보낸 후 꼬박 2년을 차 안에서 펑펑 울었고, 하교 후 한 번씩 놀이터를 거부하는 아이 때문에 혹시 내 아이가 외톨이처럼 보일까 다른 엄마들 눈치 살피랴 아이 마음 살피랴 매일 홀로 소리 없는 전쟁을 치렀다. 자기 기준에 맞지 않으면 버럭 화부터 내는 불같은 성미 때문에 밖에 내놓기가 늘 조마조마해서 멀어져가는 아이 등을 바라보며 부디 오늘은 아무와도 부딪치지 않고, '착한 아이'로 지내다 돌아오기를 간절한 마음으로 기도했다. 육아 선배들에게 밥 사줘가며 조언을 구하는 것은 기본, 인터넷을 검색하고 육아 관련 책과 방송을 보며 공부도 많이 했고, 기어이 소아정신과 문턱도 넘어보았지만, 내 아이에게 꼭 맞는 솔루션 같은 건 좀처럼 찾을 수 없었다. 여기저기서 주워들은 비법들을 (때로는 무리하게) 적용해보아도 좀처럼 마음을 열어주지 않는 아이들을 애타는 마음으로 지켜보며, 하루는 애원했다가 그다음날은 그간의 울분을 감정적으로 쏟아내는 식으로 우왕좌왕했다. 그리고 종국엔 그 모든 솔루션이 누구를 위한 것이었는지, 혹시 내 욕심이 앞서, 또는 사람들의 눈을 의식해 아이들을 오히려 힘들게 한 건 아니었는지, 나의 진심을 재확인해야 하는 아픈 순간들도 찾아왔다. 나는 진정 아이들의 행복을 원한 것일까, 아니면 세상에 내놓아도 부끄럽지 않을 아이들의 '번듯한' 모습을 원한 것일까.

이 세상 어떤 부모든 자신의 아이가 '최소한' 자기보다는 더 나은 사람으로 자라나, 더 나은 삶을 살기를 원한다. 그런데 그동안 나는 그 '나음'의 잣대를 세상 사람들의 눈에 두어왔고, 나의 두려움과 약점과 편견과 상처를 아이가 대물림하지 않고 답습하지 않도록, 그럼으로써 나보다 더 행복한 삶을 살도록 돕지 않았다는 것을 이 책을 번역하면서 깨달았다. 내 안의 약점과 상처들을 마주하는 것이 여전히 두렵기만 한 나는 아이들의 행복을 그 무엇보다 간절히 바라면서도 끝내 '내가 한 번도 되어보지 않은 사람'이 되어보는 용기를 내지 못하고 세상 사람들의 눈치만 보면서 아이들을, 또 자신을 지치게 했던 것이다.

크리스 얀들 작가는 한때 직장을 잃고 심한 우울증을 앓았고 지금도 때때로 '아침 6시도 되지 않았는데 벌써 침울해졌다'고

호소하는 심약한 남자다. 그러나 동시에 그는 새 학년이 시작되고 부쩍 우울해하는 딸에게 "인생이란 원래 무지개나 유니콘 같은 게 아니"고 아무도 인생이 쉬울 거라고 말하지 않았다면서, "나쁜 하루를 보내는 것도 괜찮아!"라고 격려할 줄 아는 용기 있는 아빠다. 세상은 아름답고 사랑이 넘치는 곳이며 인생엔 늘 성공과 행운만 가득할 거라고 미화하지 않고 삭막하고 어둡고, 절망과 실패가 가득한 그곳에서 어떻게 잘 살아남을 수 있을지 가르쳐준다. "나는 네가 아는 것보다 훨씬 더 많이 실패했어"라고 고백하고, 아무리 실패를 거듭해도 "다시 시도하는 건 언제나 무섭더라"면서 스스럼없이 자신의 약한 모습을 딸에게 보여주고, 중요한 건 '몇 번 쓰러졌느냐'가 아니라 '몇 번을 다시 일어났느냐'라고 격려한다.

처음 이 책을 만났을 때 나는 사실 대단한 오해를 품고 있었다. '왕따'당하는 딸을 위로하고 격려하기 위해 매일 도시락에 편지를 넣어주는 아빠라니, 콘셉트 자체로 감동이 보장된다며 번역가로서, 또 독자로서 잔뜩 기대에 부풀어 있었다. 또 수렁에 빠진 아이를 어떤 지혜로운 방법으로 구출하고 재기에 성공하게 할지 엄마로서 한 수 배워갈 수도 있겠다는 생각도 했다. 그런데 일독을 시작해 절반이 넘어가도록 책 어디에서도 내가 찾는 '문제아'나 상처 입은 부모, 또는 끝내 가족이 힘을 모아 아픔을 딛고 일어선다는 눈물의 드라마 같은 건 없었다. 오히려 책 속의 아빠는 단 한 순간도 딸을 '왕따'나 '문제아'로 생각한 적이 없는 듯 보였다. 그래서 처음엔 좀 맥이 빠졌다. '느낌표를 쓰면 누군가가 나한테 소리치는 것 같아서' 잘 쓰진 않지만, "느낌표를 쓸 때면 나는 언제나, 딸아이를 생각한다!" 같은 귀엽고, 아빠의 지고지순한 사랑이 물씬 묻어나는 문장들을 읽고 있노라면 마음 한편이 간질간질하다 코끝이 찡해오기도 했지만, 예쁜 말들로 가득한 또 한 권의 육아서일 거라고 넘겨짚었다.

그러나 책장을 넘기면서 신기하게도 나는 번역가의 신분은 물론 엄마로서의 고민도 까맣게 잊은 채, 마치 내가 작가의 어린 딸이 되어 아빠의 편지를 읽고 있는 것 같다는 환상에 빠져들었다. 그가 정성스럽게 지은 사랑의 밥을 먹고 따뜻한 관심을 몸에 입고 무럭무럭 자라나는 환상. 그렇게 한 통 한 통 편지를 읽어가며 그의 가르침들을 마음에 새기며 나는 더 나은 사람, 더 좋은 어른으로 자라나고 있는 것 같았다. 오랫동안 방치해서 덧나고 진물 난 내 마음속 상처들이 조금씩 아물고 새살이 돋아나는 것 같았다. 내가 손잡아주지 않아 외로웠던 내 안의 어린 아이가 조금씩 웃기 시작했다. 그렇게 마지막 책장을 닫으며 나에겐 그간 한 번도 되어본 적 없는 좋은 어른이 될 수 있다는 용기가 생겼고, 내 아이에게 좋은 본보기가 되어 좋은 것들을 물려줌으로써 나보다 더 나은 사람으로 자라게 할 수 있다는 희망도 생겼다. 그런 의미에서 이 책은 내게 특별한 '양육 팁'을 전수

해준 육아서라기보다, 그동안 방치했던 내 안의 어린아이와 마주하고 오해와 원망으로 얼룩진 나의 유년기와 화해할 수 있도록 해준 치유의 책이었다. 그래서 나는 양육자들은 물론, 아직 부모가 되지 않은(또는 부모가 될 계획이 없는) 이들에게도 이 책을 권하고 싶다.

이 책에서 반복되는 몇 가지 가르침이 있는데 그중 하나가 (사실은 존재하지도 않는) '완벽함'에 대한 집착을 버리라는 것이다. '그 정도면 훌륭해' 정도로 목표를 잡고 계속 노력하다보면 한 뼘 더 성장하게 되어 있으니 완벽해지려고 애쓰다가 스스로를 지치게 만들지 말라고 한다. 잘하지 못하는 것보다 계속 노력하지 않는 것이 더 나쁘다며, 어깨에 힘을 빼고 끈기 있게 최선을 다하자고 아빠는 마지막 장까지 응원한다. 작가는 마치 내 마음을 꿰뚫어보기라도 한 듯, 혹은 내 아이들의 마음을 대변하듯 이렇게 말했다. "우리는 완벽한 부모를 바라지 않습니다. 그저 우리와 함께해주길 바라지요." 세상이 인정하는 '번듯한' 아이를 키워낸 '완벽한' 엄마가 되려 하기보다 이제 나는 실패의 순간도 작은 성공의 순간도 아이들과 온 마음으로 함께하며 같이 나이들고 싶다. 따돌림당하는 아이의 아픔 앞에서 무너지지 않고, "다른 사람들이 널 어떻게 생각하느냐보다 네가 자신을 어떻게 생각하는지가 더 중요한 거란다"라고 묵묵히 조언하고, '나는 언제까지고 네 최고의 팬'이라며 사랑을 확인시켜

주고, '너는 그 자체로 충분하다'고 응원해주는 이 책 속의 아빠처럼.

그럼에도 불구하고 나는 여전히 부모가 어렵다. 아마도 영원히 어려울 것이다. 예전에 한 육아 프로그램에서 오은영 박사님이 하신 말씀이 생각난다. '예전에 다 해봤다'고, 이렇게도 해보고 저렇게도 해봤는데 아이가 변하지 않았다고 호소하는 엄마에게 박사님은 단 한마디로 일축했다. "새날이 밝았습니다." 금방 변하지 않는다고 포기하지 말고, "새날이 밝았"으니 새로운 마음으로, 오늘 다시 아이를 가르치라는 것이었다. 매일 아침 일어나 제일 먼저 아이에게 편지를 썼던 이 책의 작가처럼, 나도 육아가 어려워도, 영원히 어려울 거라 해도 언제까지고 계속해서 아이들에게 알려줄 것이다. 나는 너를 위해 좋은 어른이 되기 위한 노력을 결코 멈추지 않을 거고, 함께 넘어지고 다시 일어서면서 점점 더 단단해질 거라고. 우리는 그렇게 매일 조금씩 더 강해지되 유연한 사람이 되어, 우리 자신을 조금 더 사랑하게 될 거고, 그래서 어제보다 오늘, 조금 더 행복해질 거라고.

끝으로 이렇게 다정한 책을 소개하고 우리말로 옮길 기회를 선물한 나의 오랜 친구 이연실 편집자에게 감사의 인사를 전한다. 일을 그만두고 아이를 낳고, 12년 만에 처음으로 온전히 나만을 위한 시간을 가질 수 있어 행복했다. 집안일이 아닌 다른 일을 하는 엄마를 보고 처음엔 어리둥절해하던 아이들도 시간이 지나면서 "엄마, 일해"라며 조용히 방문을 닫고 나가는 배려를 보여주었다. 엄마도 자기들처럼 (어렵고 귀찮은) 숙제 같은 걸 하는 모양이라고 작은 위안을 받는 것 같기도 했다. 공부하라고 잔소리하고 윽박지르지 않아도 자연스럽게 면학 분위기가 조성된 것도 은근슬쩍 흐뭇했다. 무엇보다도 '진리'라는 것이 으레 그렇듯, 단순해 보이지만 그 어떤 현란한 말들보다 가슴을 울리는 이 책 속의 가르침들 덕분에 내 안의 어린아이가 위로받고 한 뼘 더 성장하는 놀라운 경험을 할 수 있었다. 듬뿍 사랑받은 내가 이제 처음의 마음으로 돌아가 아이들과 다시 한번 사랑에 빠지려고 한다. 이 책이 든든한 조력자가 될 것임은 의심의 여지가 없다. 여러분에게도 그런 책이 되길 바란다.

2026년 봄

최지영

옮긴이 **최지영**

영국 런던에서 미술사를 공부하고 미술잡지 기자를 거쳐 출판사 아트북스와 문학동네에서 편집자로 일했다. 지금은 도쿄에서 두 아이를 키우며 살고 있다.

매일 혼자 점심 먹는
왕따 딸을 살린 기적의 편지
아빠의 도시락 편지

초판 인쇄 2026년 4월 27일
초판 발행 2026년 5월 4일

지은이 크리스 얀들
옮긴이 최지영

책임편집 이정은 편집 주다인 이희연 이연실 염현숙
디자인 윤종윤
마케팅 김도윤
브랜딩 함유지 이송이 박민재 김하연 신은서 이준희
미디어콘텐츠 함근아 김은솔 박다솔
저작권 박지영 주은수 오서영
제작 강신은 김동욱 이순호 제작처 영신사

펴낸곳 (주)이야기장수
펴낸이 이연실
출판등록 2024년 4월 9일 제2024-000061호
주소 10881 경기도 파주시 심학산로 10, 201호
문의전화 031) 8071-8681(마케팅) 031) 8071-8685(편집)
팩스 031) 955-8855
전자우편 pro@munhak.com
인스타그램 @promunhak

ISBN 979-11-94184-58-4 03840